一撃の勇者 2
最弱武器【ひのきの棒】しか
使えない勇者は、
神すらも一撃で粉砕する
「母君、僕は当然の事をしたまでです。
母君が無事で本当に良かった」
「リン、迎えに来てくれて
ありがとう。助かった」
リンドブルム
三龍王が一、黄龍王。
ユキより生み出された存在で、
彼女を母として慕う。
龍族の中でも特に人間に対して
友好的な存在。
しかし、彼女率いる黄龍族は
危機に瀕していて——

VS最強の龍王
ティオマト
三龍王が一、青龍王にして最強の龍。
過去の因縁から人間に対して
激しい憎悪を抱いており、
【知恵の樹の杖】を求める
セラたちの前に立ちはだかる。

最弱武器【かしの杖】を持つセラは
秘めた力を覚醒させる!!!

「ぎゅーしていい……？
わたしも、ぎゅーしたい」
気が付けばユキはネオンの目の前、唇が触れそうなぐらい顔を近づけてくる。
艶の帯びた唇、上気して赤く染まった頬、桃のような甘い匂いが鼻孔をくすぐる。

一撃の勇者
最弱武器【ひのきの棒】しか
使えない勇者は、
神すらも一撃で粉砕する
2
空 千秋
illust.Genyaky

口絵・本文イラスト　Genyaky

CONTENTS

第一章

白い雪が降り積もり、痛い程《ほど》の冷たい風が吹《ふ》き荒《すさ》ぶ。

数百年前の大戦の後、龍族《りゅうぞく》は人が住み着く事のない場所に移り住んだ。

そこは何処《どこ》までも雪原が続く、草木も生えない極寒《ごっかん》の地。

神杖《しんじょう》の英雄《えいゆう》シャルティシアの助言と手引により、ネオン達《たち》はセラが持つべき本来の武器『知恵《ちえ》の樹《き》の杖《つえ》』を求め、この極寒の地へとやって来た。

それは三大神の祝福を与《あた》えられた彼《かれ》らが世界に平和を取り戻《もど》す為《ため》の旅。

そこで彼らを待ち構えていたのは、凍《い》てつく寒さだけが支配する世界。

白銀の世界が何処までも続き、生命の存在を許さないかのような冷気に満ちた場所で、ネオン達は最弱の武器を手に取り、立ちはだかる魔物《まもの》の群れと戦っていた。

それは氷で出来た人型の魔物。

透《す》き通る氷の剣《けん》を構える剣士《けんし》、分厚い氷の大盾《おおだて》で身を固めた重装兵、鋭《するど》い氷柱《つらら》の槍《やり》を振《ふ》り回す軽装の騎士《きし》、中にはゴーレムを思わせる巨大《きょだい》な氷像の姿もあった。

氷の彫像《ちょうぞう》のような魔物の群れがネオン達に向けて一斉《いっせい》に襲《おそ》いかかる。

「ネオン様！」

「大丈夫《だいじょうぶ》だ！　このまま押《お》し切る！」

セラが声を上げた瞬間《しゅんかん》、ネオンは手にしたひのきの棒を振り上げた。


――ドン。


白銀の世界に轟《とどろ》くひのきの棒の一撃《いちげき》。

最弱の武器から放たれたものとは思えない凄《すさ》まじい衝撃波《しょうげきは》と共に、彼らに襲いかかっていた氷塊《ひょうかい》の巨人《きょじん》が砕《くだ》け散り、氷の破片《はへん》が煌《きら》めいた。

その直後、石の斧《おの》を持つルージュが周囲の氷像の魔物に飛びかかる。

「私だっていくわよっ!!」

ルージュは氷像の重装兵が持つ大盾を足場に大きく跳躍《ちょうやく》し、落下する勢いを上乗せして石の斧を叩《たた》きつける。その一撃によって氷像の魔物の体は粉々に砕かれ、周囲には氷の破片が舞《ま》い上がった。

「へへん、参ったか！　こんな奴《やつ》ら、楽勝なんだから！」

余裕《よゆう》の表情を浮《う》かべながら着地するルージュだったが、次の瞬間。

彼女《かのじょ》の背後から鋭い氷柱の槍を構えた氷像が襲いかかる。

「や、やばっ⁉」

不意打ちによって反応が遅《おく》れたルージュ、そこに飛び出したのはセラだった。

「大丈夫です、ルージュさん！　光壁《プロテクション》！」

ルージュを援護《えんご》する為にセラはかしの杖から魔法《まほう》を放つ。

セラの魔法は襲いかかる攻撃《こうげき》を防ぐ壁となり、氷柱の槍が弾《はじ》かれた直後。

ネオンの放つひのきの棒の一撃が再び炸裂《さくれつ》する。

先程《さきほど》よりも更《さら》に強力な衝撃波を受けて、氷の魔物の群れは跡形《あとかた》もなく砕け散り、周囲には無数の残骸《ざんがい》と化した氷の破片だけが残された。

こうして無事に戦いを終えたネオン達に向けて、ユキは笑顔《えがお》を浮かべながら駆《か》け寄った。

「みんなお疲《つか》れ様《さま》。大群で襲ってきた魔物を、あっという間に倒《たお》しちゃうなんて流石《さすが》」

「ユキが無事で何よりだ。それにしても……極寒の地の魔物っていうのは変わっているな」

ネオンは落ちていた氷の破片を拾い上げながら呟《つぶや》く。

美しい輝《かがや》きを放つ氷で出来た魔物、生き物と呼ぶにはあまりにも無機質過ぎる存在。

この極寒の地に着いてからネオン達の前に現れる魔物というのは、どれも氷の像の姿をしたものばかりだった。

ユキはネオンの持つ氷の破片を、透き通った真紅《しんく》と純白の瞳《ひとみ》で見つめながら答える。

「確かにネオンの言う通り。わたしが知る限りでも見た事のない魔物……もしかすると、この極寒の地にも終末の災厄《さいやく》が影響《えいきょう》を及《およ》ぼしているのかも」

終末の災厄、それは数百年前に召喚《しょうかん》された悪《あ》しき異界の神がもたらす災《わざわ》い。

帝国《ていこく》から遠く離《はな》れた極寒の地にも終末の災厄の影響が及んでいるというのなら、ネオン達《たち》の旅路は想像以上に過酷《かこく》なものになるかもしれない。

しかし、そんな不安をかき消すようにセラとルージュの明るい声が聞こえた。

「ネオン様、今の活躍《かつやく》見てくださいました？　それにそれに！　この防寒具、可愛《かわい》いだけじゃなくてとても暖かくて、普段《ふだん》と変わらない調子で魔法が使えるんですよ！」

「ネオン、私も凄《すご》かったでしょ？　ていうか本当にこの服びっくりね。もこもこしてるのに動きやすくて、石の斧もガンガン振り回せるの。それにすっごく頑丈《がんじょう》なんだから！」

セラとルージュの二人がネオンの前でくるりと回ってみせる。

彼女達《かのじょ》が見せようとしているのは、この旅の為に着込《きこ》んだウサギを象《かたど》った防寒具。

それは海の都でシャルテイシアから用意してもらったものだ。

柔《やわ》らかな毛糸で編まれたフードにはウサギの耳のような飾《かざ》りがついており、首にはもこもことしたマフラーを巻き付けている。視界を遮《さえぎ》る程の吹雪《ふぶき》が起こっても、誰《だれ》が誰かを判別しやすくするよう着色された外套《がいとう》は、機能性だけでなく可愛らしさも兼《か》ね備《そな》えた一品だ。

二人はまるで子供のようにはしゃぎながら、嬉々《きき》としてそれを着こなしている。

青色の防寒具を身に纏《まと》ったセラは元気よく手を振っており、赤色の防寒具を着たルージュは腰《こし》に手を当てて得意げに笑っていた。

二人の表情を見る限り、終末の災厄がもたらす脅威《きょうい》も襲いかかる寒さも関係ないらしく、純粋《じゅんすい》にこの旅を楽しんでいるように思える。だが今まさに命懸《いのちが》けの旅をしている最中で、ネオンとしてはもう少し緊張《きんちょう》感を持って欲《ほ》しいところ。

ネオンは二人の様子を眺《なが》めながら溜息《ためいき》混じりに答えた。

「その防寒具が可愛いのは分かるけどさ。もう少し真面目に……」

そう言いかけた時、ふわりとした温かな感触《かんしょく》がネオンの首元に触《ふ》れた。

「ネオン待って。マフラーが緩《ゆる》んでる。ちゃんとしておかないと風邪《かぜ》を引く」

隣《となり》にいたユキが背伸《せの》びしながら、ネオンのマフラーを直そうと手を伸《の》ばす。

「ユ、ユキ……ありがとう」

突然《とつぜん》の出来事に戸惑《とまど》いながらも礼を言うと、彼女はふわりと微笑《ほほえ》みを返してくれた。

ユキの着るピンク色の防寒具は、彼女の優《やさ》しい雰囲気《ふんいき》にとても良く馴染《なじ》んでいる。

それにマフラーを巻き直してくれているユキの表情は穏《おだ》やかで慈愛《じあい》に満ちていて、着ている防寒具の可愛さとも相まって、思わず見惚《みと》れてしまう程に綺麗《きれい》だった。

ついこの前まで幼い龍の姿でぴいぴい鳴いていたのが遠い昔に感じられる。

「あっ、ネオン様！　ユキちゃんばっかり見て、そんなのずるいです！」

「そうよ、セラの言う通りね。私達もちゃんと見てくれないと不公平よ？」

二人の声を聞いて我に帰ると、そこには頬《ほお》を膨《ふく》らませて不満げにしているセラとルージュの姿があった。

「わ、悪い。別に二人を見ていなかったわけじゃなくて。その、ええとだな……」

咄嗟の言葉が思い浮かばず口籠《くちごも》っていると、二人は揃《そろ》って吹き出すように笑い出した。

どうやらユキに見惚れていた事をからかわれていたようで、それに気付いたネオンの顔は恥《は》ずかしさで赤くなる。

その反応を面白《おもしろ》がるようにして笑うセラとルージュ。マフラーを巻き直してくれたユキも楽しそうに笑っていて、ネオンは三人に囲まれて完全に弄《もてあそ》ばれていた。

世界に平和を取り戻すという過酷な運命を物ともせず、こうして極寒の地を進む彼らの旅は笑顔で溢《あふ》れて順調なものだった。

先程戦った氷像の姿をした魔物もネオン達の相手にならず、帝国からの追手も姿を見せ

ていない。このまま無事に仲間達と龍王国《りゅうおうこく》へ辿《たど》り着ける事をネオンは願う。

しかし、自然が生み出す脅威は確実に彼らの下《もと》へと迫《せま》っていた。

それはネオン達が真っ白な雪原を抜《ぬ》け、大きな山々が広がる麓《ふもと》まで辿り着いた時の事。

ユキが空を見上げて、突然立ち止まったのだ。

「どうした、ユキ？　何かあったのか？」

「うん、嫌《いや》な風が流れてきた……」

険しい顔つきになりながらそう告げると、ユキは視線を遥《はる》か上空へと向けた。

彼女の視線を追うようにしてネオンもまた空を見る。するとさっきまで広がっていた青空を、暗灰色の雲が覆《おお》い始めている事に気付くのだ。

やがて周囲には視界を覆う程の分厚い吹雪が起こり始め、激しさを増した突風《とっぷう》により雪原の上に立つ事すらままならなくなる。

まるで世界の終わりを告げるかのような天候の変化にネオン達は驚《おどろ》き戸惑っていた。

「さっきまであんなに晴れていたのに。駄目《だめ》だ、何も見えない」

「ネオン様、どうしましょう？　うう、すごい吹雪です……」

「みんな、大丈夫よ！　気にせず進めばなんとかなるはずだわ！」

ネオン達がそれぞれ声を上げる中、吹雪の勢いは更に増していく。

視界は完全に白く染まり、そこが何処《どこ》なのかも分からなくなっていた。

ホワイトアウト――。

極寒の地ではよく見られる現象で、壁のように分厚い吹雪により進む方角も、周囲の地形も何もかも分からなくなってしまう。

「近くに小屋でもあればいいんだが……こんな場所に小屋を作ってくれるような物好きな先人もいないだろうしな」

「ネオン様、では一旦《いったん》戻《もど》りますか……？」

「セラ。そう言っても何処から来たのか、もう分からないくらいだぞ」

ネオン達は完全に遭難《そうなん》してしまっていた。

魔物との戦いにはめっぽう強い彼らでも、自然の脅威の前には手も足も出ない。

――ただ一人を除いて。

ユキだけは真っ白な世界が続く中で、ある方向に指を差していた。

「ネオン、あっちに洞穴《ほらあな》がある。そこなら吹雪を凌《しの》げるかもしれない」

「本当か？　よし、みんなユキに付いていこう」

それぞれがはぐれないように手を取り合い、ユキの案内に従って進んでいく。

吹雪と慣れない雪上の大地に足を取られながら、彼女の言う洞穴に辿り着いた。

その洞穴は山肌《やまはだ》にぽかりと空いており、入口こそ狭《せま》いものの中はかなり広く、ネオン達は体を寄せ合いながら暖を取る事が出来た。

「助かった、ここなら吹雪も届かないな」

「よかったあ……凍え死《こごじ》んじゃうかと思いました」

「ほら！　やっぱなんとかなったじゃないの！」

ネオン達が吹雪から逃《のが》れた事を安堵《あんど》する一方、ユキだけは不安げな表情を浮かべていた。

静かにしゃがみ込《こ》む彼女に向けてネオンは優しく声をかける。

「お手柄《てがら》だな、ユキ。後はここで吹雪が止《や》むのを待とう」

ネオンはそう言うがユキは首を横に振った。

「……このままだと龍王国に辿り着くのは難しいかもしれない」

「どうしてだ？　ここまで来れば後は山を越《こ》えるだけだろ？　それにこの吹雪だっていつまでも続くわけじゃないはずだ」

「わたしも吹雪《ふぶ》いてくるまではそう思っていた。でもネオン。この吹雪、一ヶ月は止まないかもしれない」

ユキは説明を始めた。この極寒の地では、比較的穏《ひかくてきおだ》やかな天候が続く時期と吹雪が止む事なく吹き荒《あ》れる時期が、一ヶ月ごとに交互《こうご》に訪《おとず》れるという。

「そして今日がちょうどその変わり目の日だったの。わたしがもっと早く気が付いていれば……ごめんなさい」

ユキはしゅんと肩《かた》を落として謝《あやま》るが、ネオンは彼女の頭を撫《な》でて微笑みかけた。

「ユキが謝る事じゃないよ。時期が悪かった、それだけの話さ」

「そうですよ。ユキちゃんは悪くありません。悪いのはこの天気です」

「ええ、セラの言う通りね。私達は運が悪かっただけ。だから気にしないで、ね？」

三人で口々に慰《なぐさ》めの言葉をかけるが、それでもユキの顔色は優《すぐ》れないままだった。

吹雪が止まないとなれば雪山を登る経験がないネオン達にとって、旅を続けるのは自殺行為《こうい》に等しい。それを分かっているからこそ彼女は自分の判断を責め続けているのだろう。

「とりあえず、この洞穴で暖を取りながら考えよう。何か解決策があるかもしれない」

「ですね。暖まっていればきっと良い案も浮かんできます」

セラが薪《まき》に魔法で火を付け、ネオン達は焚《た》き火《び》を囲む。そこで色々な話し合いをするが解決策は出てこない。吹雪は勢いを増すばかりで収まる気配は一向になかった。

ネオン達が途方《とほう》に暮れる中、ユキが何かに気が付いたかのように顔を上げる。

彼女は洞穴から身を乗り出し、吹雪で真っ白に染まる世界を見渡《みわた》した。

「ユキ。何かまた見つけたのか？」

ユキはその言葉に頷《うなず》いた後、じっと空の様子を窺《うかが》っていた。

洞穴に案内してくれた時のように何かを見つけたのかもしれないが、ネオンにはそれが何なのか全く分からない。だがユキはそれに構わず、空に向かって指笛を吹き始める。

指笛の音を吹雪がかき消してしまうが、ユキはそれでも指笛を吹き続けた。

ネオン達がその姿を見守っていると、しばらくしてユキは洞穴の中へと戻ってくる。

そして焚き火を囲むネオン達に向けて優しく微笑みかけた。

「もう大丈夫。あの子、わたしの事を心配して迎《むか》えに来てくれたみたいなの」

「あの子が心配して？　それって――」

突然、洞穴の外が夜のように暗くなる。まだ昼間のはずだった。いくら吹雪が強くとも辺りがここまで暗くなるなんて事は考えられない。

ユキは困惑《こんわく》するネオン達に手を差し伸べて、洞穴の外へ出るように促《うなが》した。

「ついてきて、みんな」

一体何が起こっているのか理解出来ないまま、ただユキの後ろ姿を追うネオン達。

それから外に出た後、ユキは空を見上げて優しく微笑んだ。

「ただいま。帰ってきたよ」

つられてネオン達も空を見上げて――声を失った。

そこには黄金に輝く鱗《うろこ》で全身を覆い、空一面に翼《つばさ》を広げた巨大な龍の姿があったのだ。

「紹介《しょうかい》するね。この子はリンドブルム、わたし達を龍王国まで連れて行ってくれるって」

ユキはその龍との再会を喜び、ぺたぺたと鱗を触《さわ》りながら嬉《うれ》しそうに笑う。

龍の方もそれを喜んでいるようで、喉《のど》を雷鳴《らいめい》のようにゴロゴロと鳴らした。

その一方でネオン達はその様子を呆然《ぼうぜん》と眺めていた。

「なあ、リンドブルムって言ってたよな……？」

「リンドブルム……って言ってましたね」

「リンドブルムって、私でも聞いた事あるんだけど……」

三人の反応にユキは首を傾《かし》げる。だがネオン達の反応は当然のものだった。

リンドブルム。

その名前は龍族を統治する三龍王の一体、黄龍王《こうりゅうおう》リンドブルムの事なのだから。


数百年前、帝国との大戦で人と龍の関係は失われた。

当時は龍に人がまたがり騎龍隊として帝国軍と戦った記録も残っているそうだが、関係が途絶《とだ》えて以降は人が龍の背に乗る事など夢物語のようなものとなっている。

だがネオン達は今、巨大な龍の背に乗って雲よりも高い空を飛んでいた。しかも彼らを乗せる龍というのが伝説の存在、黄金の龍王リンドブルムなのだから驚きだ。

ユキは龍王の背に頬ずりし、ネオンはかしこまりながら、ルージュは笑顔で空から見える雲の世界を見下ろして、セラは好奇心溢《こうきしんあふ》れる様子で父親が残した本をめくっている。

「お父様の本の記述によると、リンドブルム様は原初の龍が生み出した三体の龍の一体です。龍族は長命で龍王となれば数千年以上を生き続けています。龍族には雄《おす》というものはなく全てが雌《めす》。単体で卵を産み、その子孫がまたそれぞれの子を産む事で増えていくので、無性《むせい》とも言えるかもしれませんが。ともかく赤龍王《せきりゅうおう》からは赤い鱗を持つ龍族が、青龍王《せいりゅうおう》からは青い鱗を持つ龍族が、と言った感じで龍族はその数を増やしていったようです」

「その話が本当なら、ユキちゃんは黄龍王リンドブルムの母親になるって事か？」

「はい、その通りです。ユキはリンドブルム様のお母様、という事になります」

リンドブルムの背に頬ずりするユキの様子は、自分の子供を可愛がる母親そのもの。リンドブルムの方もまんざらではないようで、ずっと喉をゴロゴロと鳴らしている。

そうしてネオンとセラが母と子のじゃれ合う微笑ましい光景を見つめていると、興奮気味にはしゃいでいるルージュの声が聞こえてきた。

「ねえねえ、みんな！　すごい光景よ、見て！」

そう言ってルージュが指差す先は眼下に広がる世界。

雪山を隠《かく》す程の巨大な白い雲海にぽかりと穴が空いている。

その穴の向こうにはゴツゴツとした遺跡《いせき》のような建築物が並んでおり、その上を多くの龍族《りゅうぞく》が飛び交《か》っていた。

そこは龍王国、神の血を色濃《いろこ》く受け継《つ》ぐ龍族の住まう地。

リンドブルムはその穴の中に勢いよく下降していき、ネオン達は振り落とされないよう必死にしがみつく。やがて地上へ降り立つと、そこには大勢の龍族が待ち構えていた。

皆《みな》一様に炎《ほのお》のような赤い鱗に包まれ、その体躯《たいく》は人よりも遥かに巨大で長い尾《お》を生やしている。頭から伸びる二本の角、背中から生えている皮膜状《ひまくじょう》の翼は折り畳《たた》まれており、強靭《きょうじん》な四肢《しし》で大地を踏《ふ》みしめながらこちらへ近付いてきた。

そんな赤い龍族を前にしてルージュは石の斧を手に取る。

「歓迎《かんげい》されているようには……見えないわね」

口から炎を漏《も》らしながらこちらを威嚇《いかく》する龍、咆哮《ほうこう》と共に牙《きば》を見せ今にも襲いかかろうとする龍、龍王国にやってきたネオン達《たち》に対して敵意を剥《む》き出しにする者ばかりだ。

セラは龍族の様子に怯《おび》えてしまったようで、ネオンの後ろに隠れて震《ふる》える声で呟いた。

「ネ、ネオン様……龍族の皆様《みなさま》、怒《おこ》っているみたいです」

こうして龍族がネオン達に敵意を向ける理由は明らかだった。

何故《なぜ》ならここは龍族の領域。

そこにかつて争った人間がやってきたのだ。友好的な感情を抱《いだ》くはずがない。

だがそれを心配する必要はないとネオンは思っていた。

「大丈夫だ、ここには原初の龍のユキがいる。それに俺《おれ》達をここに連れてきたのはリンドブルムだからな。龍王の客人相手に危害を加えようとする奴はいないさ」

ネオンの言葉を証明するかのように、龍族の前にリンドブルムが躍《おど》り出る。

その直後だった。黄金の龍王の体から光が溢れ、雷鳴の如き轟音《ごうおん》が鳴り響《ひび》く。

龍王の威光《いこう》を知らしめる光景に、先程まで威勢《いせい》の良かった龍達も恐《おそ》れるように後ずさり、まるで道を開けるようにして脇《わき》に避《よ》けていった。

やがてリンドブルムが纏った黄金に煌《きらめ》く光は形を変える。その輝きの中から現れたのは黄金の鱗を持つ巨龍《きょりゅう》ではなく――目を奪《うば》われる程の美しい姿をした一人の少女だった。

腰まで伸びた金色の髪《かみ》を左右二つに結び、頭からは二本の黒い巻角が伸びている。

その瞳は空に浮かぶ月のように輝いており、白磁のように艶《つや》めく肌《はだ》と相反するかのような漆黒《しっこく》の可憐《かれん》なドレスに身を包んでいた。その佇《たたず》まいからは強い気品のようなものを感じさせ、それは彼女が龍王である事を物語っている。

「ネオン様、これってもしかして……」

「だろうな、セラ。ユキが使っているのと同じ人化の術だ」

「びっくりだわ。リンドブルムも人間の姿になれるなんて」

その変化にネオン達が驚いていると、リンドブルムは鈴《すず》のように澄《す》み切った声で告げた。

「母君に導かれし旅の人、我ら龍族の不遜《ふそん》な態度をお許しください。龍族を代表し、あなた方の来訪を歓迎します。ようこそ龍王国へ」

リンドブルムはスカートの裾《すそ》を持ち上げて優雅《ゆうが》にお辞儀《じぎ》をする。

そんな龍王の様子にネオンは戸惑いを隠せなかった。

龍族と人間の間には過去の大戦を通じて深い溝《みぞ》が出来ているはず。

いくら自分達がユキの仲間とは言え、龍王であるリンドブルムが頭《こうべ》を垂れるとは思っていなかったのだ。その事実にネオンが困惑していると、ユキは笑顔を浮かべてリンドブルムの下へ駆け寄った。

「リン、迎えに来てくれてありがとう。助かった」

「母君、僕《ぼく》は当然の事をしたまでです。母君が無事で本当に良かった」

リンドブルムは顔を少し赤らめながら、母親との再会を喜んでいるようだった。

ユキも彼女の頭を優しく撫でて、嬉しそうな笑《え》みを見せている。

和《なご》やかな雰囲気の中、リンドブルムはネオン達の方へ歩み寄った。

彼女は改めて深々と頭を下げながら口を開く。

「人の姿の方が話しやすいと思ったのですが……驚かせてしまったようですね、ごめんなさい。僕は黄龍王リンドブルム。母君から話は聞きました。ネオンさん、セラさん、ルージュさんですね。よろしくお願いします」

龍王からの自己紹介《しょうかい》にネオン達はかしこまり、膝《ひざ》をついて挨拶《あいさつ》をしようと身構える。

だがリンドブルムは慌《あわ》てた様子で手を振って三人を制した。

「あっ、普通《ふつう》に接してもらって大丈夫ですよ。あなた方は母君のご友人、つまり大切なお客様です。僕ら龍族にかしこまる必要は全くありませんから」

「そ、そうなのか？　じゃあ……よろしく。ところで、ユキと話をしたっていつの間に？」

「あなた方を乗せて空を飛んでいる時です。龍族は本来思念で会話をする生き物。今の僕は人化の術を使って人間と同じように喋《しゃべ》っていますが、さっきまではずっと母君と思念で会話をしていたんです」

リンドブルムの説明にユキは頷いて、ネオン達に優しく微笑みかける。

「そう。事情を説明してリンには分かってもらえた。リンは素直《すなお》で良い子だから、わたしの話もよく分かってくれたの。ここにいた龍族もわたし達が来た事で驚いていたみたいだけどもう大丈夫。リンが話をつけてくれた」

「それはありがたいんだが、でもまさか龍王が俺達相手に頭を下げるなんてびっくりで。龍族と人間は過去に色々あったはずだろ？　それなのに俺達を受け入れてくれるのか？」

ネオンはずっと疑問に思っていた事を口にする。

数百年前の大戦で人間は龍族と戦い、その結果として龍族は極寒の地に追いやられる事となった。そんな歴史がある以上、簡単に和解出来るとは思えない。

だがリンドブルムは穏やかな声音《こわね》でその答えを口にした。

「人に対して深い憎《にく》しみを持つ龍族がいるのもまた事実。ですが僕のように人と争うつもりのない龍もいるのです。全ての元凶《げんきょう》は悪《あ》しき異界の神が人の心に付け込んだ事によるもの。武神さえいなければ人と龍族は今も仲良く暮らしていたはずですからね」

そう言って微笑むリンドブルムを見て、ネオンもようやく肩の力を抜く事が出来た。

黄龍王リンドブルムは人との争いを望まない。

きっとこの極寒の地でも大きな力になってくれる事だろう。

ネオンはその答えに安堵し、怯えていたセラも胸を撫で下ろし、ルージュも一安心と言った感じで息をつく。

「良かった、リンドブルム様があたし達を受け入れてくれて。あたし、あのまま龍族の皆様に食べられちゃうのかと思いました」

「凄い迫力《はくりょく》だったものね、私もびっくりしちゃったわ」

「まぁ確かにあれだけ敵意を向けられたらな。でもリンドブルムが話の分かる奴で助かった、これでようやく落ち着いて行動できる」

龍王国に辿り着くまで果たしてどうなるのかと思っていたが、この様子なら知恵の樹の杖を手に入れるのも難しくはなさそうだ。

リンドブルムの力を借りて目的を早々と達成するべきだろう。

そう考えていたのだが、ちらりと視線を向けた先でユキとリンドブルムが深刻そうな表情で何かを話している事にネオンは気付く。

「うん、そう……。わたしが留守にしている間に、この国でそんな事が」

「はい、事態は深刻です。この状況《じょうきょう》を打破する為にも、原初の龍である母君のお力をお借りしたいと思っています」

「分かった。情報を共有する為にもネオン達を連れていきたい。構わない？」

「もちろんです。続きは王宮で。ここでは落ち着いて話も出来ませんし、何より見てもらうのが早いでしょうから」

ユキはこくりと頷きネオン達の下へと戻ってくる。

その瞳は何処か不安げに揺《ゆ》れており、先程までの明るさが嘘《うそ》のように影《かげ》を落としていた。

「みんな、リンが王宮までついて来て欲しいって言ってる。見て欲しいものがあるの。一《いっ》緒《しょ》に来てもらってもいい？」

「……？　それはいいけど、一体何を見ればいいんだ？」

「すぐに分かる。それじゃあリン、案内をお願い」

急《せ》かすように言うユキに首を傾げるネオンだったが断る理由はない。

それにネオン達は龍王であるリンドブルムに今後の事について助力を仰《あお》ぐ立場、その頼《たの》みを無下《むげ》にする事など出来るはずもなかった。

ネオンの返事を聞いた後、ユキはリンドブルムと共に歩き出す。

その後ろ姿をネオン達も追いかけ、王宮があるという場所へと向かっていった。

龍族が住むその場所は空から見た時の印象そのままで、岩と石が積み重なって出来た巨大な建造物が並ぶ殺風景なものだった。だが龍族によって作られた火の玉が周囲にいくつも浮かんでおり、その火の玉の放熱によって暖かい気温が保たれている。

防寒具に身を包んでいても凍える程に寒かったのが嘘のような快適さで、それどころかネオン達の額には汗《あせ》が滲《にじ》んでいた。

「あっついわね……。ネオン、防寒具脱《ぬ》いじゃっても良いかしら？」

「あたしも防寒具の下が汗でびしょびしょです。ネオン様、着替《きが》えちゃだめですか？」

暑さに耐《た》えきれず防寒具を脱ぎたいと言い出したセラとルージュ。

二人は手をぱたぱたと動かして、少しでも涼《すず》しい風を送ろうとしていた。

確かに暑いは暑いが我慢《がまん》出来ない程ではないし、急にまたあの寒さの中に逆戻《ぎゃくもど》りするような場所があるかもしれない。そう考えるとここで慌てて防寒具を脱ぐより、このままの格好の方が安全だろう。

そう判断したネオンは二人に言い聞かせて、もう少しだけ我慢するよう伝える。

「今は我慢しろ。何が起きるか分からないんだ、いざと言う時に動けなくなるぞ」

「はい……油断は大敵、ですよね」

「龍王国じゃ水浴びも出来そうにないからって思ったんだけど……そうよね、我慢するしかないわね」

二人の気持ちも分かるが、これも必要な事なのだと言い聞かせるしかない。

そんなやり取りをしながら数分、やがてユキとリンドブルムは足を止めた。

そこは周囲の建築物の中でも一際《ひときわ》大きな建物であり、入口は開放されたままだった。

天井《てんじょう》はなく吹き抜けとなっており、その先には龍王国を包む分厚い雲が広がっている。

「ネオン、ここが王宮。この場所でさっきのお話の続きをする」

「王宮って事はここにリンドブルム以外の龍王もいるのか？」

「ここはファフ――『赤龍王ファフニール』のお家《うち》なの。だからファフならいる」

「赤龍王の住処《すみか》？　それじゃあ他の龍王が住んでいる場所は別に？」

「そう。三龍王はその種族に分かれて、それぞれの領地を持っているの。ここはファフの国。リンの住んでいる場所はここから遠く離れた所にある。リンはわたし達をファフに会わせる為にわざわざここまで運んでくれた」

「なるほど……だからここに来てから赤い龍しか見なかったんだな」

「そう。ともかく中に入って。話はそれから」

ユキに促されてネオン達は建物の中へと足を踏み入れる。

王宮内は外観と同じく岩と石で出来た建造物で、床《ゆか》には石畳《いしだたみ》が敷《し》かれている。

壁際《かべぎわ》にはいくつもの火の玉が浮かんでおり、王宮内を暖かい空気で満たしていた。

ユキは慣れたように奥《おく》まで進んでいき、ネオン達はその後を追いかける。

それからしばらく歩き続け、王宮で最も広いであろう空間に辿り着いていた。

そこはまるで祭壇《さいだん》のようで、周囲には様々な装飾品《そうしょくひん》が飾られており、その中央には巨大な龍が横たわっている。

ルビーを思わせる程の輝きを放つ真っ赤な鱗、翼は広げれば空を覆う程もあるだろう。

その巨体《きょたい》に見合うだけの威圧《いあつ》感を放ちながらも、神秘的な美しさを兼ね備えていた。

その龍こそがこの国を治める龍王の一体、赤龍王ファフニールなのだろうとネオン達は一目で理解する。しかしどうにも様子がおかしかった。

ファフニールは祭壇の上でその巨体を丸めたまま微動《びどう》だにしないのだ。まるで眠《ねむ》りについているかのように見えるが、苦痛に悶《もだ》えた荒々《あらあら》しい呼吸を繰《く》り返している。

ユキはそんなファフニールの傍《そば》に歩み寄り、そっと顔を近付けながら声をかけた。

「ファフ、お母さん帰ってきたよ。もう大丈夫だから……安心して」

彼女の言葉に答えるようにファフニールの瞳がゆっくりと開く。

だがその赤い瞳からは生気が感じられず、濁《にご》ったガラス玉のように虚《うつ》ろだった。

そんな赤龍王の様子にネオン達は息を呑《の》む。

「これは一体……」

ネオンは横たわるファフニールの体に近付き、その全身をくまなく観察していく。

遠目で見た時には気付かなかったが、全身の至る所に黒い染《し》みのようなものが浮かび上がっていた。それはまるで呪《のろ》いのような禍々《まがまが》しさを感じさせ、見ているだけで胸の奥底《おくそこ》から不安が湧《わ》き上がる。その黒い染みは胴体《どうたい》部分だけでなく、頭や尻尾《しっぽ》の先にまで至っており、ファフニールの全身を蝕《むしば》んでいるように見えた。それはさながら闇《やみ》に囚《とら》われているかのようであり、このまま放置すれば命すら危《あや》ういのではないかと思えてしまう。

「ファフニールの容態については僕から説明させてもらいます」

リンドブルムはそう言うと、ファフニールの横に並んでから口を開いた。

「これは黒呪病《こくじゅびょう》という龍族《りゅうぞく》のみに感染《かんせん》する病です。発症《はっしょう》すると体内の魔力《まりょく》が暴走し、それはやがて黒い染みとなって全身に広がっていきます。病状が進行すると肉は腐《くさ》り落ち、最後には死に至る恐ろしい病気なんです」

彼女は腕《うで》を覆っていたロンググローブを取り外す。その腕の所々に小さな黒い染みが浮き出ており、見るに耐えられない程痛々しく映っていた。

その様子を見つめながらルージュは震えた声で呟く。

「もしかして、リンドブルム。あんたもファフニールと同じ病気にかかってるの？」

そう問いかけられたリンドブルムは静かに首を縦に振った。

「ええ。僕はまだ軽い方なのですが、この地に住む全ての龍族がこの状態に陥《おちい》っています。このまま放っておけばいずれ龍族は滅《ほろ》びるでしょう。それに……ファフニールは今まさに死の淵《ふち》に立っていると言っても過言ではありません」

リンドブルムの言葉にルージュは表情を強張《こわば》らせる。

三龍王とは人を遥かに凌駕《りょうが》し、過去の大戦以前はこの世界の頂点に君臨していた存在。

そんな三龍王の命を脅《おびや》かす程の病が蔓延《まんえん》している事に驚きを隠せないようだった。

セラはリンドブルムの腕を見つめ、ぽつりと疑問を口にする。

「どうしてこんな事になっているのでしょうか……？　龍族についてはお父様も研究していましたけど、黒呪病という恐ろしい病気が存在するなんて初めて聞きました」

「あなた方が知らないのも無理はありませんね。黒呪病が発生したのはごく最近、悪しき武神によって引き起こされた、終末の災厄によるものなのですから」

リンドブルムの口から飛び出した衝撃的《しょうげきてき》な事実にネオン達は言葉を詰《つ》まらせる。

終末の災厄の被害《ひがい》はネオン達が住む帝国でも甚大《じんだい》だった。それが極寒の地で静かに暮らしていた龍族の命さえ脅かしているとは思いもしなかったのだ。

「ここより遥か北の地から吹く風が黒呪病を運んできたのです。その風は龍王国の地に吹き荒れ、瞬《また》く間《ま》に広がり、やがて龍族に襲いかかった。今は北の地に向けて巨大な結界を張る事でどうにか抑《おさ》えているのですが、事態は悪化する一方で」

「北の地に黒呪病を撒《ま》き散らしている何かが存在しているって事か。そしてそれは武神の手によってもたらされた、と」

「ネオンさん、その通りです。武神の悪意は世界を破滅《はめつ》へと導いている。僕ら龍族は三大神である母君によって星の守護者として生み出されました。武神にとって僕らは世界を滅ぼす際の障害となり得る存在です。だからこそ奴は龍族を滅ぼす為《ため》に黒呪病をばらまいているのでしょう。それに奴の狙《ねら》いはもう一つある」

リンドブルムはユキから祝福を与《あた》えられたセラの方に視線を向けた。

「あなた方が僕ら龍族の守り続けてきた母君の力、知恵《ちえ》の樹《き》を求めてこの地にやってきたのは聞いていています。ですが知恵の樹の眠る『禁断の地』は、僕ら三龍王が力を合わせなければ辿り着く事の出来ない秘境。つまり三龍王の命を奪う事で禁断の地の封印《ふういん》を永遠のものにし、知恵の樹の存在そのものを消し去ろうとしているのです」

龍族が禁断の地と呼ぶ場所。

そこには知恵の樹に残された原初の龍の力を悪用されないよう、強大な封印が施《ほどこ》されており、その封印を解く為には三龍王が力を合わせる必要があるそうだ。

それ以外の方法では決して立ち入る事は出来ないとリンドブルムは語る。

「僕は母君の言葉に従い、あなた方への協力を惜《お》しむつもりはありませんが……僕の力だけではあの地へ辿り着く事は出来ないのです。今こうして死の淵に立っているファフニールを救い、もう一体の龍王である『青龍王ティオマト』の協力を得る必要がある」

「なるほどな……俺達《たち》に三大神の武器を渡《わた》さないよう、武神は裏で手を回していたのか」

ネオンの武器、世界樹の剣《けん》となる星の樹が大火によって失われたあの時のように、セラの持つべき知恵の樹の杖《つえ》を葬《ほうむ》り去ろうと武神は既《すで》に動き出していたのだ。

二人の話を聞いたユキはファフニールの傍で膝を折り、慈愛に満ちた優しい手付きで優しくその鱗を撫でていく。

「この子達はわたしの願いを聞き入れて、原初の龍の力を守る為に今までずっと頑張《がんば》ってきてくれた。だから、みんな……力を貸して欲しい。ファフとリンを助ける為にも、病に苦しむたくさんの龍族を救えるように、どうかお願い……」

祈《いの》るように言葉を紡《つむ》いでいくユキを見て、ネオン達は顔を見合わせて頷いた。

それから彼女の下《もと》に歩み寄って、自分達の意思を言葉にして伝えていく。

「大丈夫《だいじょうぶ》よ、ユキ！　私達が龍族の病気なんてすぐに治してあげるんだから！」

ルージュはユキを安心させるように、わしわしと彼女の頭を撫で回した。

その赤い瞳には何があっても大丈夫だという自信が溢れており、ルージュの表情はとても明るいものだ。ユキもその瞳に勇気付けられたのか笑顔を取り戻《もど》す。

セラは父親が残した本を防寒具の下から取り出していた。

「あたしには学者であるお父様の知識があります。お父様は医療《いりょう》の分野にも精通していましたから、きっと役に立てると思うんです。必ず病の治療法《ちりょうほう》を突《つ》き止《と》めてみせます！」

セラは父の意思を継いで常に誰かの力になりたいと、その為に父の残した本を読み漁《あさ》って知識を深めてきた。今その知識を活《い》かして龍族の命を救うのだと、その青い瞳に強い決意を宿らせている。

そしてネオンはユキの手を取って真《ま》っ直《す》ぐに見つめた。

「俺達で力を合わせて龍族を助けよう。大丈夫、みんながいれば絶対に上手《うま》く行く」

その黒い瞳に映るのは不安の色ではなく確かな希望の光。

力強く微笑みかけるネオンを見つめて、ユキはその眩《まばゆ》さに見惚れるように目を細めた。

仲間達の言葉に涙《なみだ》を浮《う》かべながら彼女《かのじょ》は何度も首を縦に振《ふ》る。

「みんな……本当に、ありがとう」

感謝の言葉を繰り返すユキをネオンはぎゅっと抱き締《し》めた。

ファフニールの容態は深刻だ。ユキが不安に思う気持ちも良く分かる。だが絶対に大丈夫だと言い聞かせるように、彼女の震える体を優しくさすった。

リンドブルムはそんな二人の様子を見つめながら、口元に柔らかな笑みを滲ませた。

「数百年前の大戦で人と龍は争い、その間には海より深い溝が出来ました。今も人を憎む龍族は大勢います。けれどあなた方の協力によって病に苦しむ龍族を救えたのなら、きっとその遺恨《いこん》を払拭《ふっしょく》出来るはずです。そうなれば龍族はあなた方を認め、ファフニールとティオマトも禁断の地の封印を解く為に協力してくれるでしょう」

ネオン達は知恵の樹の杖を求めてここに来た。だが龍族は黒呪病という想像もしていなかった脅威に直面し、滅亡《めつぼう》の危機に立たされている事を知った。

三龍王の助力を得られるかどうかは全てネオン達の行動次第《しだい》。

この地を蝕む終末の災厄《さいやく》を鎮《しず》め、龍族の命を救う為に力を尽《つ》くす。

そしてその困難を乗り越えた後に、知恵の樹が眠る禁断の地へと辿り着けるのだ。

改めて自分達の目的を再確認《さいかくにん》して気を引き締めたネオン達は、リンドブルムに今後の方針について尋《たず》ねた。

「それで、これからどうする？　龍族を蝕む黒呪病について有用な情報はないのか？」

「僕ら黄龍族《こうりゆうぞく》が住む街『リドガルド』に黒呪病を研究している龍族がいます。まずは彼女に話を聞いてみるのはどうでしょう？　何か進展があるかもしれません」

「リドガルド、その街はここから遠いのか？」

「人が徒歩で行くならそれなりに距離《きより》があります。僕としてはまたあなた方を乗せて、空を飛んで行きたいところなのですが……」

リンドブルムは腕に出来た黒い染みを眺《なが》めて困ったように溜息《ためいき》を漏らす。

「黒呪病の発生源である北の地からの風を抑え、各地の浄化《じようか》は既に済んでいるのですが、この病気は龍から龍へと感染する事が確認されています。となれば母君に感染させてしまう可能性も捨てきれないのです。黒呪病が三大神にさえ影響《えいきょう》を及《およ》ぼすかどうかはっきりと分かりませんが、それが判明するまで僕と行動する事は控《ひか》えた方が良いかと」

「確かにそうか。ユキが三大神とは言え龍である事に違《ちが》いない。つまりリンドブルムと行動する事でユキに黒呪病が感染する可能性もあるってわけか」

「はい。今は僕《ぼく》もファフも他の龍族も魔力で体に結界を張り、母君に黒呪病が感染しないよう注意を払《はら》っているのですが……この状態を長く続けられる程《ほど》の体力は残されていません。ネオンさん達は一度僕とは別行動を取ってもらって、母君をリドガルドの街へ連れてきて頂けると助かります。その間に黄龍族の学者に黒呪病が母君にも影響を及ぼすのか調べてもらおうと思うんです」

「そうか。じゃあ俺達は自分の足でリドガルドに向かうとするよ」

「ありがとうございます。道案内は母君にお願いしますね、旅の無事を祈っています」

そう告げたリンドブルムの体が光に包まれていく。

眩い光の中で少女から龍の姿に戻り、黄金の翼で羽ばたいて空高く舞《ま》い上がっていった。

空の彼方《かなた》に消えていく姿を見届けた後、ユキはファフニールの頭を優《やさ》しく撫でる。

「ファフ、いってくるね。あなたの病気を治してあげるから、もう少し待っていて」

その声が聞こえたのか、ファフニールは大きな赤い瞳《ひとみ》に母の姿を映す。

それから甘《あま》えるような声でユキの頬《ほお》に頭を擦《す》り寄せ、やがて幼子のように眠りについた。

「ネオン、行こう。ファフを、リンを、龍族のみんなを助ける為に。まずはリドガルドへ」

「ああ。龍族を救う旅の始まりだ」

空を見上げれば極寒《ごっかん》の地の空を覆う雲が晴れていく。

一ヶ月以上も吹《ふ》き荒《すさ》ぶはずの吹雪《ふぶき》は止み、明るい太陽にネオン達は照らされる。

大空を舞う数多《あまた》の龍族が龍王国を包む雲をかき消すのが地上から見えていた。


こうして龍族の協力によって旅の準備は整った。

この地を蝕む終末の災厄を鎮め、武神の悪《あ》しき野望を打ち砕《くだ》く。

ネオン達は固い決意を胸に秘《ひ》めて、新たな一歩を踏み出したのだった。

第二章

リドガルドへの道のりは決して楽なものではなかったが、龍族が雲をかき消した事で吹雪は止《や》み、ネオン達も雪道に慣れ、順調な足取りで進む事が出来ていた。

周囲には氷像の魔獣《まじゅう》の姿もなく、平和な光景が辺りに広がっている。

静穏《せいおん》な景色の続く雪原をネオン達が歩く中、セラは学者である父の残した本と睨《にら》めっこして難しい顔をしていた。

「うーん……これは違う。こっちはえっと、野菜の育て方……」

「セラ、親父《おやじ》さんの本に何かヒントになるものは載《の》っていたか？」

ネオンは隣《となり》を歩きながらずっと考え込んでいる様子のセラに声をかける。

彼女は眉間《みけん》にシワを寄せたまま首を横に振った。

「龍族の生態は未知な部分が多いですし、黒呪病《こくじゅびょう》に関する記述はなかったです」

「そうか、難しいか。何とかして俺達の方でも、黒呪病の治療《ちりょう》に繋《つな》がるヒントを見つけておきたいところだけど……」

リンドブルムの話では黄龍族の学者が黒呪病の治療法を探《さぐ》っているらしい。だが龍族の歴史において前例のない未知の病を前に、なかなか思うように進んでいないようだ。

ネオン達も龍族の力になりたいと思う反面、現状で出来る事は限られている。

焦《あせ》ってても仕方がないと分かっていても、病に苦しむ龍族達を早く助けたいと気持ちばかりが逸《はや》ってしまう。

「ねえユキ。あんたは原初の龍で神様なんでしょ？　神様の知識を活かせば龍族の病気を治す方法とか分かるんじゃない？」

ふと前を歩いていたルージュが足を止めた。

振り返った彼女の言葉に、ユキは申し訳なさそうに顔を伏《ふ》せた。

その表情を見ただけで答えを察したのか、ルージュは肩を落として溜息をつく。

ユキは封印した武神を間近で監視《かんし》する為、帝都《ていと》で人間に紛《まぎ》れて暮らしていた。自身が神である事を隠して生活する必要があり、原初の龍の力だけでなく神としての知識も禁断の地に眠る知恵の樹に預けている。つまり今のユキでは神の力で龍族を治療する事も、治療する方法を見つけ出す事も出来ないという事になる。

何も言わずともそれを理解している仲間達に、ネオンは気を取り直して口を開いた。

「ともかく有益な情報がない以上、今はリドガルドの街に向かうのが先決だろうな」

「あ、ネオン様。待ってください。一つだけお父様の本に気になる箇所《かしょ》があって……龍族とは無関係の病気なのですが、症状《しょうじょう》が似ているものを今さっき見つけて」

セラはネオンの下に駆《か》け寄って、とあるページを指差しながら説明する。

「ちょうど今読んでいた『野菜の育て方』のページなんですけど……このページに書いてある病気と、さっきリンドブルム様が話していた病気の特徴《とくちょう》が一致《いっち》していて」

「野菜の育て方って……いやいや。龍族と野菜は全く関係なくないか？」

「で、ですよね。はあ……何か手がかりにならないかなあと思ったんですが」

セラは落胆《らくたん》して項垂《うなだ》れるが、ルージュはその話を聞いてぴくりと反応を示す。

開いていたページを横から覗《のぞ》き込《こ》むと、何かを思い出したかのように目を見開いた。

「これって『紫点病《してんびょう》』の事よね、よく知ってるわよ。私の住んでいた村の畑で大流行したから。うちの畑も紫点病にやられて収穫間際《しゅうかくまぎわ》の作物が全滅《ぜんめつ》しちゃったの」

「えっ、ルージュさんのご実家って農業を営んでいたんですか？」

「そうよ。帝国軍《ていこく》の兵士に志願する前は鍬《くわ》しか持った事がなかったから、初めて斧《おの》を持った時は違和感《いわかん》があったくらい。今でもたまに農具を振り回したい衝動《しょうどう》に駆られるのよね」

懐《なつ》かしむように語るルージュは石の斧を持って鍬を振る真似《まね》をする。その動きはかなり様になっていて、今まで何度も何度も畑を耕して来たのだろうと思わせる程だった。

「紫点病に汚染《おせん》された水が何処《どこ》からか流れてきてね、その水を作物の根が吸い上げる事でやられちゃうの。紫色《むらさきいろ》の斑点《はんてん》が出来てその部分から野菜が腐っちゃって、最後は収穫する前に枯《か》れてしまうのよ。それに紫点病で腐った作物の近くに健康な作物があると、健康だった方まで紫点病に侵《おか》されちゃう。本当に厄介《やっかい》な病気だったわ」

それは確かに龍族が患《わずら》っている黒呪病に似た症状だった。

黒呪病の原因となる何かを運んできた風によって龍族の体が蝕まれ、全身の至る所に黒い染みが出来てしまう。そこから肉が腐り最後は命を落とす事。そして感染した龍族から別の龍族に感染する事もリンドブルムは言っていた。

紫点病は作物の病害で全く別物だが共通点は多い。

もしかすると何かしらの関連性があるかもしれない、セラはそう考えたようだ。

「お父様の本によれば紫点病に感染した植物は、その身に宿っている魔力が歪《いびつ》な属性変換《へんかん》を起こす事で毒素を生成します。その毒素が蓄積《ちくせき》される事で作物は黒く変色し、やがて腐ってしまうそうです。この情報が龍族の黒呪病にも役立てばいいのですが」

「黄龍族の学者って人がどんな情報を持っているか次第ね。まあどちらにしても、まずはリドガルドの街に着いてから考えるしかないでしょうけど」

ルージュの言葉にネオン達は頷く。

セラの父が残したその内容は龍族とは関係のない内容だったが、黒呪病に関する情報が何も得られていない現状では貴重な資料になる。

今は色々な観点から龍族の治療に繋がる可能性を探っていくしかない。

そうして話し合いを終えたネオン達は再びリドガルドの街へと急いだ。

ひたすらに白い雪原が続き、後ろを振り向けばネオン達の足跡《あしあと》が続くだけの場所。

山脈に住んでいた赤龍族と同じく、この光景が続くならリンドブルムのいる黄龍族の街も生き物が住むに適した場所とは言えないかもしれない。

「ほんと真っ白ね。こんな所の一体何処にリンドブルムは住んでいるのかしら」

「着実にリドガルドの街へ近付いているはずなんですが、不安になってきますね」

「ユキの案内通りに進んでいるんだ。大丈夫なはずさ」

「方角は間違《まちが》いない。このまま進めば絶対に辿《たど》り着けるから安心して」

今は龍王国《りゅうおうこく》を訪《おとず》れた事のあるユキの記憶《きおく》を頼《たよ》りにするしかない。

ネオン達はひたすらに極寒の地を進み続け、じきに日は暮れ夜がやってくる。

龍族の協力によって吹雪に悩《なや》まされる事はないが、夜間の冷え込みは帝国にいた時とは比べ物にならない。いくら防寒具を着込《きこ》んでいても寒さに体が震え上がる。

「ネオン様、今日はこの辺りで休みましょう。周囲に魔物《まもの》がいる様子もなさそうですし」

「そうだな、随分《ずいぶん》と歩いたし今夜は温かい食事にありつきたいところだ」

「では早速《さっそく》、テントを張って夕食の準備を始めましょう」

ネオン達は野宿をする事に決め、背負っていた大きな鞄《かばん》を地面に置いた。

雪上の大地で寝泊《ねと》まりするのは初めての経験、慣れるまでには少し時間がかかるだろう。

けれどそんな環境《かんきょう》の中でも、ネオン達の表情は明るかった。黒呪病、終末の災厄という脅威《きょうい》を感じてはいるが、暗い雰囲気《ふんいき》のままでは事態が好転しない事を皆が知っている。仲間達で力を合わせれば必ず治療法を見つけ出す事が出来ると信じているのだ。

ネオン達は明るい空気に包まれたまま野営の準備に取りかかる。

楽しげに薪《まき》を重ねて焚き火《たび》の準備を始めるルージュ。

セラは鼻歌まじりに食材と調理器具を取り出して夕食の支度《したく》を進める。

ネオンはユキと二人で人数分のテントを組み立て始めた。

四人で協力して準備を進めれば、あっという間にそこは雪上のオアシスに早変わり。

それからしばらくすると辺りに、香《こう》ばしい匂《にお》いが漂《ただよ》い始める。セラが作った夕食の準備が整ったようで、彼女は木の皿に料理を盛ってネオン達の下へと運んできた。

「お待たせしました。今日のメニューはお肉のシチューです。体が温まりますよ」

「美味《おい》しそうだな。流石《さすが》はセラだ」

「えへへ、ありがとうございます。皆さんに喜んでもらいたくて頑張って作りました」

ネオンに料理を褒《ほ》められて、セラは嬉《うれ》しさを隠しきれないといった感じだ。

そっと優しく頭を撫《な》でられると彼女は頬を赤く染める。

ふにゃりと蕩《とろ》けたような笑顔《えがお》を見せるセラは、まるで小動物のように愛くるしかった。

ユキとルージュもその様子を微笑《ほほえ》ましく眺めていて、食卓《しょくたく》は穏《おだ》やかな雰囲気に包まれる。

「ふふ、セラってばネオンに褒められて嬉しそう。それに作ってくれた料理も本当に美味しそうで、この香りだけでも食欲が湧いて来ちゃうわね」

「うん、わたしもとてもお腹《なか》が空《す》いてきた。早く食べたいな」

柔《やわ》らかな肉と野菜の甘みが溶《と》け込んだスープの香りは、長旅で疲《つか》れたネオン達の食欲をそそった。

ネオン達はスプーンを手に取り、みんなで仲良く夕食を食べ始める。

口に入れた瞬間《しゅんかん》に広がる温かなシチューのまろやかな味わいが心地《ここち》良《よ》い。

じっくり煮込《にこ》まれた具材はほろりと崩《くず》れ、舌の上で優しく溶けていく。

具材の旨味《うまみ》が染みたスープが喉《のど》を通る度《たび》に、じんわりとした幸せが胸を満たしていった。

ふう、と息をついてネオン達が夜空を見上げると、星々が凍《こお》りついたように輝《かがや》いている。

「うわあ……星空がとても綺麗《きれい》ですね！」

「野宿した時に星を眺めたりはよくあったが。これだけ綺麗な星空は見た事がないな」

「ねえねえ。星って見てるとお腹減ってこない？　飴玉《あめだま》にそっくりよね！」

「それはないな」「それはないです」

ルージュの言葉にネオンとセラは声を揃《そろ》えて否定した。

するとルージュはむすっと膨《ふく》れっ面《つら》になり不満げに唇《くちびる》を尖《とが》らせる。

その様子がおかしくてネオンとセラは笑い出し、ルージュもまたつられるように笑う。

ユキはそんな仲間達の姿を静かに見つめて、肩《かた》を小さく揺らしながら笑うのだった。

満天の星の下、賑《にぎ》やかで楽しい団らんの時間もやがて終わりを迎《むか》える。

ネオンは仲間達と揃って食後の片付けを済ませた後、セラにそっと肩を叩《たた》かれた。

「さて、ネオン様。片付けも終わったので、明日に備えて早めに寝《ね》ちゃいましょう！」

「そうだな、明日の朝も早く出発しないと。みんな暖かくして寝ろよ？　朝になって風邪《かぜ》を引いてたら大変だからな」

「はーい！　じゃあおやすみなさい！」

笑顔でそう挨拶をして、仲間達はそれぞれのテントに入っていく。

ネオンもテントに入ると外の冷気から身を守る為に寝袋《ねぶくろ》の中で丸まった。

リドガルドの街に着くまではしばらくこの生活が続くだろう。

少しでも体を休めておかなければ。ネオンが目を閉じた時だった。

ごそごそとテントを開ける音が聞こえて彼《かれ》は起き上がる。

「ぴぃ！」

そこには幼龍になったユキの姿があった。

「どうしたんだ、ユキ。寝る前に何か用事とか？」

「ぴーぴ」

ユキは首を横に振り、ネオンのお腹の辺りで横になる。

「一緒に寝たいだけだったのか」

「ぴぃ！」

「でも、困ったな……そのままだとユキの体が冷えそうだ」

ネオンはユキの小さな体を見て、自分の寝袋の中に入れて眠るのを思いつく。

「ほら、おいで。寝袋の中は暖かいし、今のユキなら小さいから入れると思うぞ」

「ぴ！」

ユキはネオンの言葉に嬉しそうな鳴き声を上げて、もぞもぞと寝袋の中に入ってくる。

甘えてくるユキの頭を撫でながら、ネオンはその小さな体をぎゅっと抱《だ》きしめた。

とても暖かくて抱き心地《ごこち》の良い優しい温《ぬく》もり、それを愛《いと》おしく思いながら瞼《まぶた》を閉じる。

それからすぐに眠気《ねむけ》がやって来て、眠りにつくまで時間はかからなかった。

※

冷たく静かな白銀の世界を朝日が照らす。

最近はセラとルージュに起こされてばかりのネオンだったが、今日に限っては二人共まだテントの中で眠っているようだった。彼女達《かのじょたち》の声は聞こえてこない。

目を覚ましたネオンは寝袋の中が窮屈《きゅうくつ》で、それに桃《もも》のような甘い匂いがするのを感じた。

まだ寝起《ねお》きで意識がはっきりしないままネオンはその正体を確かめる。

「なんだ、これ……」

その何かを触《さわ》ると手に吸い付きそうな程しっとりとしていて、もっちりでふわふわとした感触《かんしょく》がとてつもなく気持ち良い。

それに何処を触ってもとても温かく、不思議とずっと触っていたくなる。特にこの二つの大きな膨らみは弾力《だんりょく》があって、それでいて柔らかく指が沈《しず》み込んでいく程だ。

そうやって触っているうちに、だんだんとネオンの意識がはっきりとしてきて、自分が何を触っているのかを理解した。

「――あ」

思わずネオンは声を漏《も》らす。

彼がずっと触っていた甘い匂いの正体、それは裸《はだか》のユキだった。

どうして寝袋の中が窮屈になっていたのかと言えば、寝ている最中にユキが人化し二人で一つの寝袋に入っていたのだと理解する。

状況を把握《はあく》したネオンの鼓動《こどう》は速くなり、体温がどんどん上がっていくのを感じた。

慌《あわ》てて寝袋から出ようとするとユキが目を覚ます。寝袋から顔を出しているユキと目が合い、彼女はネオンを見つめながら優しい笑《え》みを浮かべた。

「おはよう、ネオン。よく眠れた？」

「お、おはよう。よく眠れたけど、それよりユキ、どうして人の姿に……？」

「眠っている最中に人化の魔《ま》法《ほう》が暴発したのかもしれない。狭《せま》かった？」

「いや……狭いのもそうだけど……。と、とりあえず一旦《いったん》龍《りゅう》の姿に戻らないか？」

「……？　ネオンがそう言うのなら、分かった」

寝袋の中で幼龍の姿に戻るユキ。そのままもぞもぞとしながら寝袋から出ていって、ネオンもようやく寝袋の外へと体を出す事が出来た。

「ユキ、その格好だと体を冷やすから、自分のテントで防寒具を着てきなさい……」

「ぴぃ？」

ネオンの珍《めずら》しい言葉遣《ことばづか》いに首を傾《かし》げて、ユキは小さな手足で自分のテントに戻っていく。

一方でここは極寒の地だというのにネオンの体は汗だく。

星の樹の森で過ごした十年間で凄《すさ》まじい力を付けたネオンだったが、人付き合いが浅いまま成長してしまった為、こういう時の女性に対する反応は子供同然。

つい口調が変わってしまうのは無理もない事で、ユキの柔らかな体の感触を思い出すと、頭の中が沸騰《ふっとう》してしまいそうになる。だが幸いな事に今日はセラとルージュが起きるのが遅《おそ》かったおかげで、彼女達に寝袋の中でユキと一緒に寝ている姿を見られなかったようだ。

もし見られていたら——メゼルポートの露天風呂《ろてんぶろ》での一件のように、また二人から冷たい視線を向けられる事になっていただろう。

ネオンは深く息を吐《は》くとテントの外に顔を出した。

眩《まぶ》しい日差しが白銀の世界に反射する。

人の姿になり防寒具に着替え終えたユキがテントの片付けを始めていた。

仲間達を起こさなければ、とネオンはまずセラのテントに近付く。入り口になっている布をめくれば、そこには寝袋の中に丸まって小さな寝息《ねいき》を立てるセラの姿があった。

そのすぐ横には父親が残した本が開いたまま置いてあって、灯《あか》りの消えたランタンが出

しっぱなしになっている。きっとテントに入った後も、龍族の病気を治す方法を見つけようと遅くまで起きていたのだろう。びっしりと文字が書き込まれたメモ帳に、羽ペンとインクの瓶《びん》も転がっていてセラの頑張りが窺《うかが》える。

「早く寝ろって自分で言ってたのに。全くもう」

口ではそう言いながらネオンの口元には笑みが浮かぶ。優しくて真面目で健気《けなげ》なセラの頑張りが報《むく》われる事を願いながら、彼は静かに寝袋を揺らした。

「セラ、朝だぞ。起きてくれ」

「ん……ぅ……。ねおん……さま?」

セラはとろんとした声で返事をして寝袋の中から顔を出す。

ぼんやりとした瞳でネオンを見上げながらへにゃりと微笑んだ。

寝癖《ねぐせ》で乱れた髪《かみ》に少し垂れ下がった目尻《めじり》、寝袋の中で温まった頬はほんのりと赤く染まっている。しっかり者のセラのふやけた姿はなかなか見られないのではないだろうか。あどけなくて可愛《かわい》らしい様子にネオンは頬を緩《ゆる》ませつつ、セラの頭を優しく撫でた。

「夜遅《よるおそ》くまで起きてたみたいだけど、大丈夫そうか?」

「んむっ……だいじょうぶです。ちゃんとおきられましたよ……」

「そっか、偉《えら》いな。先に支度してるからゆっくり起きておいで」

「はい……」

ふわふわとした声色《こわいろ》で答えてセラはごそごそと寝袋から出ていく。

この様子ならもう大丈夫そうだとセラのテントを後にして、ネオンは次にルージュのいるテントへと向かった。だがテントの中にはルージュはおらず、からっぽの寝袋が綺麗に畳《たた》まれているだけだった。

「あれ……ルージュは何処行った？」

テントの中にはルージュの荷物が置き去りにされている。となればそう遠くまでは行っていないはずだ。辺りを見回すと少し離《はな》れた所からネオンに手を振る人影《ひとかげ》が見えた。

朝から元気いっぱいの様子でルージュがネオンの下に駆け寄ってくる。

「おはよう、ネオン。今日も良い朝ね」

「ああ、おはよう。随分と早起きだったみたいだな。何してたんだ？」

「寒くて目が覚めちゃったから運動がてらに散歩をしてたの。やっぱり寒い時は体を動かすに限るわね」

ルージュは楽しげに笑って両手を広げる。雪の上ではしゃいでいたのかブーツや手袋《てぶくろ》にもたくさんの粉雪が付いていて、背中に担《かつ》ぐ石の斧にも雪化粧《ゆきげしょう》が施されていた。

「随分と派手に散歩してきたんだな。ほら、風邪引かないように気を付けろよ？」

「大丈夫よ、私ってば今まで一度も風邪引いた事なんてないんだから」

そう言って自慢《じまん》げに胸を張るルージュの姿に苦笑《くしょう》しつつ、ネオンは防寒具に付いていた雪を手で払う。確かにいつも太陽みたいに明るいルージュなら風邪なんてへっちゃらだろうなと、朝から眩しい彼女の様子にネオンは元気づけられた。

「あっ。そういえばね、さっき散歩をしている最中に面白《おもしろ》いものを見つけたのよ」

「面白いもの？」

背中の雪を払ってもらったルージュはくるりと振り向き、雪原の奥の方を指差した。

「この先に大きな峡谷《きょうこく》があって、そこに広がっていた光景が凄《すご》かったの。なんて説明したら良いのかしら、夢を見ていたんじゃないかって思うくらいの景色だったのよ！」

興奮気味に伝えるルージュの瞳はきらきらと輝いていて、その興奮具合から余程《よほど》の何かがあるのだろうとネオンは察する。この白銀の世界が何処までも続く極寒の地でルージュをこれだけ興奮させるとは、一体どんな景色が広がっているのか想像すら出来ない。

テントを片付けていたユキにもルージュの話が聞こえたようで、彼女は両手を合わせて思い出したように呟《つぶや》いた。

「そう。あの景色を見たらきっとネオンも驚《おどろ》くと思う」

「へえ、ユキも見た事がある場所なのか。どんな景色なんだ？」

「今は内緒《ないしょ》。その先に目的地のリドガルドがある、という事だけ教えておく」

悪戯《いたずら》っぽく笑うユキの様子にネオンも興味が湧き上がる。

まだ見ぬ地への期待が膨らんでいった。

起きてきたセラも合流して、四人で出発の為の支度に取りかかる。

テントを片付け、朝食を済ませ、荷物の詰まった鞄を背負う。

そして準備を整えた一行は改めて白銀の世界を歩き出した。

その足取りは軽く、心なしか歩く速度も速くなっている気がする。

果たして一体何があるのか、期待に胸を膨らませてネオンは先に進んでいった。


ネオンは目の前に広がる光景に息を呑んでいた。

峡谷の先にあるのはここが極寒の地である事を忘れさせる程の大森林。

奇妙《きみょう》にツタが絡《から》み合う不思議な木々が密集して空に伸《の》びており、その葉は青々として風に揺《ゆ》れている。木漏《こも》れ日《び》が地面を照らし、小鳥達が鳴いて楽しげに飛び回っていた。

雪原から溶け出した水は滝《たき》になり、川となって森の奥《おく》へと消えていく。

そして大森林の更《さら》に向こうには、立派な石壁《いしかべ》に囲まれた大きな街が見えた。

赤龍族の住んでいた遺跡《いせき》とは違い、建物が崩れている様子はなく人の手が加えられているように見える事、何より確かにそこには人が生活している様子があったのだ。

「どういう事だ？　幻《まぼろし》とかじゃないよな？」

「ネオンもびっくりしちゃった？　私もさっきこの場所を見つけた時は驚いて言葉が出なかったもの」

「本当に信じられませんね。極寒の地に大きな森があって、人の立ち入りが禁じられたはずなのに、まさか人が住んでいる様子があるなんて……」

セラは呆然《ぼうぜん》としながら呟いていた。世界を巡《めぐ》り様々な知識を蓄《たくわ》えた父親の本にさえ一切《いっさい》書かれていない未知なる土地に、彼女は戸惑《とまど》いを隠《かく》せないようだ。

ネオンもこの雪原地帯に巨大《きょだい》な森が存在するなど聞いた事がない。

しかもそこには人間達が住むような都市が存在している。

夢でも幻でもないなら一体どういう事なのか、それをネオン達が不思議に思っていると、その穏やかな景色を眺めながらユキが口を開いた。

「あそこがリドガルドの街。黄龍族は人間と最も友好的な関係を築いた過去がある。龍族の膨大《ぼうだい》な魔力《まりょく》と技術力を活かし、人間の街を模して大都市を作り上げた」

「それじゃあ、この大森林も黄龍族が？」

「うん、目には見えないけど極寒の地の冷気を遮断《しゃだん》する結界が張られている。魔力で気温をコントロールして温暖な気候を保っているの。この場所に龍族が植物の種を蒔《ま》き、長い時間をかけて育てた結果、今の状態になった」

セラは瞳を輝かせてユキの説明を分厚い本にメモしていく。

それから好奇心溢《こうきしんあふ》れる様子で周囲を見回していた。

「この極寒の地に豊かな緑を生み出すなんて凄い。でも不思議なのは遠くに見える街の様子です。龍族が住む街なのに、どう見ても人間が暮らしやすそうな環境ですし、家の大きさなんかも人間に合わせて作られているみたいですよね？　どうしてなんでしょう？」

「リドガルドに行けばすぐに分かる。どうして龍族の住む街が人に合わせて作られているのか、何の為に温暖な気候を保って生活しているのか、その理由が」

そう言うとユキは歩き出し、その後ろ姿を眺めてからネオン達は顔を見合わせた。

黄龍族が人の街を模し、そこに暮らしている理由。

それを確かめる為にもネオン達はユキの後を追って森の中に足を踏《ふ》み入れる。

街を囲う大森林には様々な動植物が生息しており、ユキが言うように温暖な気候が保たれていた。ついさっきまで役に立っていた分厚い防寒具も、この場所では暑いだけでむしろ邪魔《じゃま》になってしまう。

ネオン達はそれぞれ木の陰《かげ》や茂《しげ》みの裏に体を隠し、いつも着ている旅の服に着替《きが》えを済ませた。身軽になったところで再び森の中を進み始める。

改めて森の様子を観察していると、そこが自分達の知っている自然とは何処か違う事に気付く。木の種類が違うとかそういったものではなく、何かもっと根本的な部分から異なっているようなのだ。

何より驚いたのはその大きさだ。

周囲に生える木々は帝国で見られるものよりも遥《はる》かに大きいものばかり。世界一の大樹として知られていた星の樹ほどではないが、塔《とう》を思わせる太い幹に枝葉が広がっていて、見上げれば空を覆《おお》うように伸びている。

それに木の陰では熊と見間違《みまちが》える程の巨大なリスのような生き物が木の実を食べていたり、鳥よりも大きな蝶《ちょう》が飛び回っている姿が見えた。

まるで巨人《きょじん》の国に迷《まよ》い込んだような感覚に驚いていると、その様子を眺めながらメモを走らせていたセラが口を開く。

「どうしてこんなに大きな生き物ばかりなのでしょう？　それに魔獣に似ていますが凶暴《きょうぼう》なわけでもなく、普通《ふつう》の動物と同じように生活しています」

「これも龍族《りゅうぞく》の魔力の影響。この極寒の地は土地に栄養が殆《ほとん》どなくて、龍族はその身に宿った魔力を大地に与《あた》えている。その魔力が栄養となって森や植物、動物達が大きく育つ」

「龍族というのはあたし達の想像を遥かに超《こ》える、膨大な魔力の持ち主なんですね。その力を惜《お》しみなく与えているからこそ、このような光景が広がっているという事ですか」

セラとユキの話を聞いていたルージュはふむと腕《うで》を組む。

何か思うところがあったようで、周囲の大自然を眺めながら呟いた。

「でも黒呪病が広まっている事で、この平和な緑の森も危機に晒《さら》されている。それが残念でならないわ。このままだと森が枯れ果ててしまうかもしれないのよね……」

「確かにそうですね。龍族の皆様《みなさま》がいなくなってしまったら、ここに芽《め》吹《ぶ》くたくさんの命まで犠《ぎ》牲《せい》になってしまいます。どうにかして病気の原因を突き止めないといけません」

決意を更に強くしたセラの言葉にネオン達も深く頷《うなず》いた。

そして止めていた足を前に踏み出し、ユキの案内に従って、再び森の中を進んでいく。

大森林を通り抜《ぬ》け、草花の生い茂る草原を進み、小高い丘《おか》を越《こ》えていった。

やがて街の全貌《ぜんぼう》が見えてくる。

石壁は頑丈《がんじょう》そうな造りで見上げる程に高く、門には巨大な鉄柵《てっさく》が備え付けられていた。

門の向こうには人影も見え、たくさんの民家や物を売り買いする市場、そして街の中心には立派な城が存在している。それはまさしく人間が住む街そのものだった。

「ここが黄龍族《こうりゆうぞく》の街、リドガルドか。帝都にも匹敵《ひってき》する凄い規模の街だな」

「びっくりね。人が住んでいる様子もあるし、龍族の住んでいる街には見えないわ」

「龍族の皆様がここまで完璧《かんぺき》な街並みを作り上げているのは流石に予想外でした……」

セラは本に書き込む手が止まらない様子で興奮気味に羽根ペンを動かしている。ルージュは街の様子を興味深げに観察し、ユキは振り返るとネオンに話しかけた。

「ネオン、わたしが一緒《いっしょ》にいられるのは一旦《いったん》ここまで。黒呪病が三大神にも感染《かんせん》するかどうか分からない以上、わたしが街の中に入れば黄龍族のみんなに負担をかける事になる」

「そうか。黒呪病を患っている龍族は体に結界を張って、ユキに感染させないよう守っているんだったな……」

「黒呪病で苦しんでいる彼らに無理はさせたくない。この森は安全な場所だから、みんなで先に入って黄龍族の学者から話を聞いてきて欲《ほ》しい」

「そう言われても困ったな……。ユキを一人にしておくわけにはいかないし、万が一の事があれば大変だ」

武神はユキの命を狙《ねら》っている。原初の龍である彼女を討《う》たんと今まで数々の刺客《しかく》を送ってきた。この場所でユキが襲《おそ》われる可能性もゼロではない、そう思ったネオンだったが。

ユキはネオンを安心させるように優しい笑顔を浮《う》かべた。

「大丈夫《だいじょうぶ》だよ、ネオン。ほら見て」

そう言って彼女《かのじょ》が手を伸ばすと、空を飛んでいた大きな青い蝶がひらりと舞い降《お》りて、彼女の指の上に止まった。

青く美しい鱗粉《りんぷん》が舞う中、蝶はまるで握手《あくしゅ》をするかのようにユキの指の上で羽ばたく。

その様子を見て、ユキは満足気に微笑んだ。

「この森の生き物はわたし達《たち》龍族と仲が良い。さっきの大きなリスや、空を飛ぶ鳥も、この青い蝶もみんな友達。危険が迫《せま》った時はすぐに知らせてくれる。だから大丈夫」

宝石のように輝く青い蝶と戯《たわむ》れるユキ。踊《おど》るように手を動かし、蝶に優しく語りかける可憐《かれん》な姿は絵画の世界から抜け出してきたような幻想的《げんそうてき》な美しさを放っていた。

そんな光景に見惚《みと》れながらもネオンはほっと胸を撫で下ろす。

この森を生み出し、育ててきたのは龍族だ。その中で芽吹いたたくさんの命と心を交《か》わし、長い月日をかけて培《つちか》ってきた絆《きずな》が龍族との間にあるのだろう。ユキに敵意を向ける者が現れたその時は、きっと森の生き物達が彼女を守ってくれるに違いない。

それを確信したネオンはユキに向けて頷いた。

「分かった。それじゃあ俺《おれ》達だけで行ってくる。ユキはここで良い子にしててくれ」

「いってらっしゃい、ネオン。黄龍族のみんなによろしくね」

「ああ、また後で」

ネオンはそう言ってユキの頭を優しく撫でる。

彼女は気持ち良さそうに目を細め、甘えるように彼の胸板《むないた》へ頬を寄せた。

その愛らしい姿に名残惜《なごりお》しさを感じつつも、ユキに一旦の別れを告げる。

それからネオン達が門の前に立つと、堅牢《けんろう》な鉄の門は彼らを迎え入れるようにゆっくりと開いていく。彼らは緊張《きんちょう》しながら開いた門の先に広がる景色を見つめた。

そして彼らは街の中に見えていた人影の正体を、なぜ黄龍族が人の街を模した場所で生活しているのか、その答えを目にしたのだ。

ルージュは信じられないといった様子で目を大きく見開きながら呟く。

「ネオン……この人達がもしかして黄龍族なの？」

「ああ、間違いないだろうな」

「びっくりね。黄龍族がまさかこんな格好をしていたなんて……」

ネオンは仲間達と驚きに声音《こわね》を染める。

そこにいたのは半龍人とでも呼ぶべき姿をした者達だった。

人間と同じ姿をしつつも体の所々を黄色の鱗《うろこ》が覆っており、背中からは翼《つばさ》が生えていて、腰元《こしもと》には尻尾《しっぽ》が見える。その誰《だれ》もが女性であり美しい顔立ちをしていた。

黄龍族の街リドガルドが人の街を模していた理由。

それは彼らが龍族の特徴を残しながらも、人の姿で生活しているからだったのだ。

「黄龍族はユキと同じ人化の術を使って暮らしているって事か？」

ネオンは黄龍族の姿を眺《なが》めながら、隣に立つセラに問いかける。

それに対してセラはこくりと頷いてみせた。

「はい、ユキちゃんが使っている人化の術と同じものです。けれど人化の術を完全に扱《あつか》えるのは高位の龍族だけのはず。なので街の住民の殆どは龍族の特徴を残した状態で生活をしているのでしょう」

「でもどうしてだ？　赤龍族の住んでいた場所は殺風景だったし、みんな龍の姿そのままで暮らしていた。つまりこんな事をしなくても龍族の暮らしには問題ないわけだよな？」

「ですよね、不思議です。それを確かめる為《ため》にも早速街の中へ入りましょう。その答えはきっと黄龍族の皆様が教えてくれるはずですから」

セラの言葉にネオンが頷き、仲間を連れて門の向こうへ歩き出そうとした時だった。

街の中にいた一人が前に出る、凛《りん》とした声が辺りに響《ひび》き渡《わた》った。

「ネオンさん、セラさん、ルージュさん。お疲れ様です、ようこそおいでくださいました。母君は街の外で待機してくださっているのですね、さっき思念で話は聞きました」

「ああ、ユキは黒呪病が感染しないよう街の外だ。森の生き物と仲良くやってる。無事だから安心してくれ」

ネオン達と挨拶《あいさつ》を交わすのはリンドブルムだ。

ファフニールの住んでいた赤龍族の街で話をした時と同じように、人化の術で少女の姿となってネオン達が来るのを待っていたらしい。

他の黄龍族も人間であるネオン達を警戒《けいかい》しているような様子はなく、それどころか笑顔を浮かべて歓迎《かんげい》してくれていた。

「良かったわね。リンドブルムだけじゃなく黄龍族自体が私達に友好的な種族みたいで」

「そうだな。これなら話もスムーズに進みそうで安心したよ」

「あとはさっき話していた、ユキちゃんに黒呪病が感染するかどうかですよね」

黒呪病が三大神であるユキに感染するとなれば、彼女はこの街に入る事は出来ない。

もし街に入れるとなればこの街にいる黄龍族は、ユキに黒呪病を感染させないよう体を結界で覆う必要がある。しかしその状態を長続きさせられる体力は残されていないとリンドブルムは言っていたはずだ。

セラが心配そうな表情を浮かべると、リンドブルムは少し困り気味な笑みを浮かべた。

「今のところは三大神である母君に黒呪病が感染するかは分かっていません。それで黄龍族の学者が皆《みな》さんの話を伺《うかが》いたいと言っています。お時間があるようでしたら今すぐにでもご案内したいのですが……」

「ああ、大丈夫だ。よろしく頼《たの》む」

「よろしくお願いします。あたし達も早く黒呪病の治療法《ちりようほう》を見つけてあげたいです」

「私達で協力してなんとか解決の糸口を掴《つか》みましょ。頑張《がんば》るわよ！」

ネオン達はリンドブルムの言葉に力強く応え、一行は黄龍族の学者が居るという屋敷《やしき》へと案内される。そこに黒呪病を治す為の手がかりがある事を信じて、ネオン達は黄龍族の街リドガルドの中へ足を踏み入れた。

リドガルドの街並みは美しかった。建物に使われている建材は全て純白の石であり、それは太陽の光を浴びて煌《きら》めく。道端《みちばた》には花壇《かだん》が続き、咲《さ》き誇《ほこ》る色とりどりの花々からは風に乗って甘《あま》い香りが漂ってきた。街の至る所には水路があって透《す》き通った水が流れており、魚が跳《は》ねれば涼《すず》しげな音が響き渡る。

それを極寒《ごつかん》の地という過酷《かこく》な環境で実現しているのだ。

龍族が如何《いか》に優《すぐ》れた種族なのかを思い知らされるような光景だった。

それに黒呪病を患っているが街を行き交う大勢の龍族の姿があり、市場からは住民の賑やかな声が聞こえてくる。

街を歩くネオン達の中で、最も興味深そうに辺りを見回していたのはセラだ。

澄《す》んだ青い瞳《ひとみ》を星のように煌めかせて周囲を眺めている。

「外から見た時も凄かったですけど、こうして間近に見ると本当に綺麗な街です。それにとっても暖かいですし、お日様の光がぽかぽかしていてこんなに気持ちいいなんて」

セラは両手を広げて、くるりとその場で回ると無邪気《むじゃき》な笑顔を浮かべた。防寒具から着替えたセラの動きは身軽で、元気いっぱいに踊っているような姿はとても愛らしい。

そんなセラの様子に頰《ほお》を緩ませながら、ネオンとルージュも街の様子を見回す。

「街が病に侵されているようには思えないわね。平和で活気のある場所にしか見えないわ」

「確かにそうだな。平和で穏やかで良い街だ」

ネオン達が街の様子を眺めていると、リンドブルムは振り返りながら口を開く。

「僕《ぼく》ら黄龍族は緑に囲まれた自然の中に街を築いていています、それが幸いだったのでしょう。北の地から吹《ふ》く汚《よご》れた風の影響《えいきょう》を受けずに済み、黒呪病の感染《かんせん》を抑《おさ》える事が出来ました」

「でもリンドブルムは言ってたよな。この地に住む龍族の全てが黒呪病に侵されてるって」

「吹き荒《すさ》ぶ風からだけでなく龍族から龍族に感染してしまいますからね。ファフニールから黒呪病の報告を受けて感染への対策を急いでいましたが……それも間に合わず。一体の龍族が黒呪病をリドガルドの街へ持ち込《こ》んだ事が発覚した後、たった三日で黄龍族全体に広がるとは予想外でした」

リンドブルムは悔《くや》しげに呟く。その黄金の瞳には強い後悔《こうかい》の色が浮かんでいた。

「黒呪病の病状が赤龍族より進んでいないだけで、この街に住む黄龍族も皆徐々《みなじょじょ》に命を蝕《むしば》まれている状態です。今はまだ普段《ふだん》と変わらない生活を続けられていますが、それも時間の問題でしょうね」

「とんでもない感染力だな。そんな疫病《えきびょう》が人間の住む国で起こったら……考えただけでも恐《おそ》ろしいよ」

きっとあっと言う間だろう、帝国《ていこく》だけでなく大陸の全てに瞬《また》く間《ま》に病が広がっていく。異常とも言える感染力と最後は必ず死に至る毒性を前に治療法も見つからず、人々は恐怖に怯《おび》えながら死んでいく事になる。

街では暴動が起き、治安は悪化し、混乱を極《きわ》めた世界はやがて崩壊《ほうかい》していくはずだ。

しかし黄龍族の街であるリドガルドは美しい景観を維持《いじ》し続けている。

病に侵《おか》され命を脅《おびや》かされているにも拘《かか》わらず、今もなおその輝きを失う事なく暮らしている。それは龍族の誇り高い精神性によるものなのか、それとも病に負けないという意志の力による物なのか。どちらにせよ黄龍族の生きる姿はネオンにとって眩しく見えた。

そんな黄龍族の様子にネオンが目を細めていると、リンドブルムが期待を込めた眼差《まなざ》しを向けている事に気付く。

「滅亡《めつぼう》の未来しかなかった僕ら龍族の下《もと》に、母君と三大神に選ばれたネオンさん達が来てくれたのは本当に幸運でした。そのおかげで希望の光が見えてきましたから」

「その期待に応えられるよう頑張るさ。それで、学者がいる屋敷は何処にあるんだ？」

「この道を真《ま》っ直《す》ぐ進んだ先にある屋敷になります」

リンドブルムが指差した方向には白い石畳《いしだたみ》の道が続いており、その先には周囲の民家と比べても一際《ひときわ》大きな建物があった。

「少し変わり者ですが優秀《ゆうしゅう》な学者です。学者としての知識だけでなく魔法使《まほうつか》いとしてもその腕は確かで、今回も何かしらの助言が得られるはずです」

「わあ。学者としても優秀で、魔法使いとしてもリンドブルム様に認められる方だなんて。あたし会えるのが楽しみになってきました！」

学者の血を引き、魔法使いでもあるセラは興味津々《きょうみしんしん》といった様子で瞳を輝かせる。

そんな彼女の手を引きながらネオン達はその龍族の屋敷へ急いだ。

屋敷の玄関《げんかん》の前に着くとリンドブルムは大きな木製の扉《とびら》に手を伸ばす。

二回ノックした後、中にいるであろう学者の龍族に声を掛けた。

「ハイドラ、いますか？　リンドブルムです。黒呪病の件で来ました」

しかし返事はなく中からは物音一つ聞こえてこない。それでも構わずリンドブルムは扉に手をかけ、ゆっくりと押《お》し開けていく。

「あの、リンドブルム様？　勝手に入っても大丈夫なのですか？」

「いつもの事です。研究に集中すると周りの音とか一切聞こえなくなって。まぁそういう所も含《ふく》めて彼女は素晴《すば》らしい才能を持っているのですが」

セラの問いかけに答えた後、リンドブルムは扉を大きく開いた。その直後、埃《ほこり》の溜《た》まった匂いが風とともに吹き抜けてきてネオン達は思わず咳《せ》き込む。

「……っ、凄い有様だな」

「ええ……散らかってるなんてレベルじゃないわね」

「ちょっと、これ掃除《そうじ》するの大変そうですよ……」

室内はまるで嵐《あらし》が通り過ぎた後のように荒《あ》れ果てており、至る所に大量の本や紙、僅《わず》かに液体の残ったフラスコなど実験器具が散らばっていて足の踏み場もない状態だ。

そんな屋敷の様子を見たリンドブルムは困ったように笑う。

「数百年前からこんな感じなんです。溜め込んだ資料を整理したり、部屋の片付けは定期的にしているようなのですが……どうにも上手《うま》くいかないみたいで。僕も手伝った事はあるんですが全然終わりそうになくて」

「数百年前っていうと龍族が極寒の地に移り住んだ頃《ころ》だよな。その時からずっとこんな調子だったのか」

「整理整頓《せいりせいとん》が苦手なようで、リドガルドの街を作ってここに住むようになってからはずっとこんな状態です。何度も言って聞かせていますが全く改善される気配がないんですよね」

呆《あき》れた表情を浮かべたリンドブルムは肩を落とす。

それから何とか足の踏み場を確保して屋敷の奥へと進んでいった。すると奥には分厚いカーテンで仕切られた空間があり、リンドブルムはその前で立ち止まる。

そしてカーテンを勢いよく開くと、そこには金色の髪を短く切り揃えて、瓶の底のように分厚い眼鏡をかけた白衣姿の女性が立っていた。

街にいた黄龍族と同じように龍族の証である黒い角を頭に二本、背中には龍の翼。腰《こし》の辺りからは金色に輝《かがや》く鱗に包まれた尻尾が伸びている。

目の下に濃《こ》い隈《くま》が出来た半開きの目でこちらを見つめた学者の女性は、ネオン達の姿に気が付くと目を見開き――。

「――にょわっ⁉」

突然《とつぜん》の来訪者に驚いたのか大声を上げた瞬間《しゅんかん》、手に持っていたフラスコを床《ゆか》に落として割ってしまう。その衝撃《しょうげき》により中の薬品が飛び散り、ネオン達の足下まで流れてくる。

それを見た学者の女性は慌てふためき、更に大きな声で叫《さけ》んだ。

「あーっ!! 黒呪病治験薬十三号が!? あたいの汗《あせ》と努力の結晶《けっしょう》がああああっ!!」

彼女は頭を抱《かか》えながらその場で崩《くず》れ落ち、床に溢《あふ》れた液体をすくうとそれを舐《な》め始める。

「ああもったいない……せめてあたいが身をもって治験を――んぃっ!? この感覚は副作用が強すぎて、ぐえええ……っ」

喉《のど》を押さえながら苦しんだかと思えば、今度は百面相のように喜んでは泣いて、怒《おこ》っては笑い、また泣くという不思議な行動を女性は繰《く》り返す。

そんな彼女の様子にネオンは言葉を失っており、ルージュはその様子がおかしいようで笑っていて、セラに至ってはドン引きした様子で一歩後退《あとずさ》っている。

ネオンはそんな状況《じょうきょう》の中、苦笑いしながらリンドブルムに問いかけた。

「ええと……この人が例の学者で間違《まちが》いないんだよな?」

「はい。名前はハイドラと言います。龍族一の頭脳の持ち主ですよ」

「そ、そうか……いや、変わり者だとは聞いていたけど、随分《ずいぶん》とその、個性的な人なんだなって思ってさ」

「普段はここまで個性的ではないのですけどね。今さっき舐めた治験薬の副作用でしょう。今回もまた失敗だったようです」

リンドブルムはハイドラと呼ばれた学者の隣《となり》でしゃがみ込み、白衣の上から背中に手を当てて優《やさ》しくさすった。しかしハイドラの奇行《きこう》は止まらず今度は自分の尻尾を手に取り、匂《にお》いを嗅《か》いで恍惚《こうこつ》な表情を浮かべては舌を出して舐めるといった奇妙な行動を繰り返す。

衝撃的《しょうげきてき》な出会いの仕方と強烈《きょうれつ》な第一印象にネオン達は戸惑いながらも、ハイドラの様子が落ち着くのを静かに待つのであった。


「いやー、失敬失敬。リンドブルム様が来ている事に気付かず、変な姿を見せちゃったよ。はじめまして、バハムート様に選ばれし旅の人！　あたいはハイドラだよ。よろしくね！」

ようやく薬の副作用が収まり、リンドブルムの介抱《かいほう》もあって落ち着きを取り戻《もど》したハイドラは元気に挨拶をした。それから彼女は割れてしまったフラスコの破片《はへん》を拾い集め、部屋の隅《すみ》に置かれたゴミ箱に捨てると、散乱している書類をまとめていく。

その様子を眺めながらネオン達も自己紹介《しょうかい》を始めていった。

「俺《おれ》はネオン・グロリアス、ユキ……いや、原初の龍バハムートと一緒に旅をしていて、ここには黒呪病の治療法を探しに――」

「おっけおっけ。リンドブルム様から事情は聞いてて自己紹介はいらないから。あたいは見ての通り研究馬鹿だから研究以外の細かい事は気にしない性質で、必要な情報だけ貰《もら》えればそれでオッケーって感じ」

「そ、そうか……じゃあ俺達の事も、知恵《ちえ》の樹《き》の杖《つえ》についても全部把握済みって事か」

「そんな感じー。まあ興味ないっていうか、さっきも言ったけど研究以外の事はどうでも良くて。それより今はこっちの方が大事だし」

そう言いながらハイドラは資料をまとめ終えたようだ。

そして資料の中から何枚かの紙を取り出すと、それをネオン達に見せるよう机に広げた。

「ほいっ、あたいがまとめた黒呪病の詳細《しょうさい》。これが現在判明している黒呪病の情報ね」

その資料には黒呪病の特徴《とくちょう》と症状《しょうじょう》など詳《くわ》しく書かれていた。リンドブルムが以前に話した内容と相違《そうい》なく、それを事細かく分かりやすくまとめられている。

セラはその資料をじっと眺めながら、うんうんと何度も小さく頷いた。

「なるほど……黒呪病は龍族に宿る魔力を暴走させるというお話でしたが、正確には魔力の属性変換《へんかん》が制御《せいぎょ》出来なくなり、その結果として体の異常を引き起こしているというわけですね。そして最終的には肉体が崩壊してしまうと……」

「流石《さすが》だねっ。君って確かセラちゃんだよね？　理解力が高い子がいてあたい助かっちゃうよ。他の子はちゃんと説明してくれても全然分かってくれないからさー」

そう言いながらハイドラは手のひらに魔力を集め始める。

その魔力は形を成して、拳《こぶし》ほどの大きさの氷塊《ひょうかい》へと変わった。

「あたい達黄龍族《たちこうりゅうぞく》は氷への属性変換を得意とする龍族なんだ。ついでに言うと赤龍族《せきりゅうぞく》は炎《ほのお》の属性が得意で、青龍族《せいりゅうぞく》は雷《かみなり》の属性が得意って感じさっ。鱗の色で得意不得意が変わってくるんだ。でもね――」

ハイドラの手のひらの上で浮かんでいた氷塊に異常が現れ始める。

透き通っていたはずの氷がまるで泥水《どろみず》のように濁《にご》っていき、やがて真っ黒に染まりボロボロと崩れ落ちていった。

「こんな感じでさ。黒呪病を患《わずら》うと属性変換が狂《くる》って制御出来なくなっちゃってね。これがあたい達の体内で起こって、徐々《じょじょ》に体を蝕まれている状態なんだ」

「そしてそれが今の氷の塊《かたまり》のように、黒い染《し》みとなって全身に現れるわけですか……」

「そういう事っ。それでね、ここまで分かってるけど治療法は手がかりさえなし！　今まで十三種の治験薬を作ってきたけど全部効果なしでもうお手上げ状態なわけ。一応あたいなりに色々試《ため》してみたんだけど、どれも上手くいかなくてさっ。いやーとんでもない病気だよねっ、殺意高すぎー感染力やばすぎー。猫《ねこ》の手も借りたいってまさにこの事だよねっ、あれ？　この場合は人の手も借りたいかー？」

ハイドラは一人で楽しそうに笑いながら話すが、その内容はかなり深刻で絶望的なものばかり。人間より遥かに長命で数多《あまた》の知識を蓄えた龍族でさえ、未《いま》だに有効な手段を見つけられていないのだ。そんな現状にネオン達は暗い表情を浮かべるが、セラだけはその資料を食い入るように見つめていた。

「資料を読めば読む程《ほど》、畑の作物につく紫点病にそっくりです。黒呪病は大気に流れる魔力を汚染《おせん》し、龍族の体内に入り込む事で発症《はっしょう》する。紫点病は大気ではなく水に含まれる魔力を汚染し、その水を作物が吸い上げる事で発生する病。そしてどちらも宿っている魔力に歪《いびつ》な属性変換を起こさせ、それが黒い染みとなって現れるわけですから」

「紫点病……？　セラちゃん、それは人間の住む国では有名な病なの？」

「はい、人や動物ではなく植物だけが感染するもので、ご実家が農業を営んでいたルージュさんもご存じでした」

「ええ、そうね。前も言ったけど私の家の畑も紫点病の被害《ひがい》にあったから」

セラはハイドラの用意した資料に再び視線を落として考え込む。彼女の話を聞いたハイドラも何か思うところがあったのか、手元の資料をパラパラ捲《めく》り始めた。

「うーん、紫点病かあ。あたい達龍族が人間の地を離れてから広まった病気なんだね。あたい達の住む地域にも植物はたくさんあるけど、やっぱり黒呪病に似た症例《しょうれい》は見たことないなー。水から感染するって事は川とか地下水が汚染されてる可能性があるのかな？」

「お父様の本によれば紫点病の始まりは、過去に起こった大戦の直後まで遡《さかのぼ》るそうです。金色山脈《こんじき》という汚染された土地から流れ出た水が、麓《ふもと》の村の作物を枯《か》らしてしまったのが始まりだったそうで、そこで紫点病と名付けられました。だから作物にとっての風土病で本来は各地に広がるようなものではなかったはずなのですが」

「大戦の直後に見つかった、かあ。そりゃ分かんなくて当然かも。あたい達龍族は大戦が終わる前には極寒の地に引っ越してたし。んぅ……でも変だなあ。なんで作物の風土病が別の場所でも発生しちゃうんだろ？　山の麓以外は関係ないんじゃない？」

「それが……よく分からないんです。お父様の本に書いてある紫点病の項目《こうもく》をどれだけ読んでも、帝国の歴史をしっかり調べても、どうして風土病だった紫点病が最近になって突如《とつじょ》として広まる事になったのか、その理由が分からなくて」

セラは大きなため息をつきマントの下から父親が残した本を取り出した。

父親が残した本には、なぜ最近になって紫点病が金色山脈から離れた場所にまで広がったのかまでは書かれていなかったのだ。

彼女の知識はあくまでも父親の本から与えられたもの、今のセラでは答えを導き出す事が出来ない。けれどそんなセラの隣で自信に満ちた表情を浮かべる人物がいる。

ルージュだ。

彼女は幼い頃から野菜と触《ふ》れ合っていた事で、その目で紫点病が広がっていく過程を見てきた。だからこそ彼女は確信を持って答える事が出来た。

「――雨よ、セラ」

「えっ、雨……ですか？」

「そう、まあちょっと長くなるかもしれないけど聞いて」

ルージュは斧《おの》を持つ前、鍬《くわ》をずっと握《にぎ》っていたあの頃を懐《なつ》かしむように言う。

「紫点病は大戦が終わった後、金色山脈の麓で初めて見つかったのは私も知ってた。でもそれはある日ぴたりと止まったそうね。山に漂《ただよ》う瘴気《しょうき》が薄《うす》らいで流れ出る水も綺麗《きれい》になって、紫点病が出る事はなくなったって。瘴気をもたらす魔獣《まじゅう》を殺生石に封《ふう》じ込める事が出来たからって伝説だったわね、確か」

「そうですね……お父様の本にも同じような事が書いてあります。それからは発症例《はっしょうれい》も殆どなくて、もう解決した病気だって思われていたようですが」

「でもそんな紫点病が急に私達の畑に出たからもう大騒《おおさわ》ぎ。何が原因なのかを必死に探《さぐ》ったの。歴史書を読み漁《あさ》って数百年前に見つかった紫点病で間違いないって突《つ》き止《と》めた後、井戸水を疑ったり近くの川を怪しんだり、色々な可能性を考えたわ。でもどうやっても紫点病の発生源を見つけられなくて……最後は私達も龍族みたいにお手上げ状態」

　そこまで話すとルージュは苦笑しながら両手を上げる。

「それで最後の最後にね、ようやく分かったの。雨が原因だったのよ。雨が紫点病を運んできた。皮肉なものよね、植物にとって雨は命の水のはずなのに」

　ルージュの話す内容にセラは驚きを隠しきれなかった。

　空から降ってくる恵《めぐ》みのはずが、それは作物を枯らす呪《のろ》いに変わっていた。そんな事があっていいのかと、信じられないと、そう思いながらも言葉が出ない。

　そして静かに話を聞いていたネオンがゆっくりと口を開く。

「以前にユキとシャルテイシアが言っていたよな。神獣《しんじゅう》アセナが金色山脈に残って殺生石になり、噴《ふ》き出す瘴気を浄化《じょうか》する役目を担《にな》っていたって話だった」

「そうね。帝国に伝わってきた歴史とは違《ちが》うけど、神獣アセナのおかげで瘴気は薄まったって話を二人はしてくれたわ。だから殺生石が見つかった直後に麓の村では紫点病は発生しなくなって、人はまた金色山脈に登れるようになったのよね」

　メゼルポートでユキと神杖の英雄《えいゆう》シャルテイシアが語った歴史に隠された真実。

　三大神は悪《あ》しき武神を封じ込めた後、それぞれが星を守る為の役割についていた事を。

過去に金色山脈の麓の集落を襲った紫点病は神獣アセナによって浄化され、人々が飢《う》えに苦しむ事はなくなった。そして紫点病はこの世界から消え去るはずだった。

――だけどまた現れたのだ、終末の災厄《さいやく》の始まりと共に。

それに気付いた直後、セラの頭の中でかちりと音が鳴ったような気がした。

それはまるでパズルのピースのように、今までバラバラだった情報が一つに繋《つな》がった音。

共通点には初めから気付いていていた。

植物の枝葉から実に至るまで黒い染みが現れ、その部分が腐《くさ》り落ち、最後は枯れ果てる。

龍族の尻尾から頭に至るまで黒い染みが現れ、その部分が腐り落ち、最後は命が尽《つ》きる。

そしてどちらもその身に宿った魔力に歪な属性変換が起こる事で発生する。

セラは父親の本に再び視線を落とした。

そしてそこに書かれた内容を改めて読み直すと、その青い瞳が僅かに揺《ゆ》れ動いた。

「龍族の命を蝕む黒呪病は武神が引き起こす終末の災厄によってもたらされ、ルージュさんの村の作物を枯らした紫点病は武神が大地を汚した事で発生した病気……つまり元を辿《たど》ればどちらも武神が原因です。それが間違いないのなら――その病がどういう原理で命を奪《うば》うのかも同じなら！」

セラは父親の本を抱《だ》きしめて顔を上げた。

希望の光が見えたような気がして思わず声が大きくなる。

「紫点病の治療法《ちりょうほう》は存在します！　お父様は武神がもたらす災厄の病を治す『浄化の秘薬』の精製に成功していて、その方法をこの本に残してくれました！　紫点病が治せるならきっと黒呪病も同じ方法で治療する事が出来るはずです!!」

セラの力強い言葉にリンドブルムとハイドラの瞳が輝く。

滅亡しかなかったはずの未来、暗く閉ざされていただけの世界に一筋の光明が差したかのようだった。

「でも……」

治療法が存在する事を告げた直後、セラは表情を曇《くも》らせた。

それは治療法があるという事実と、その方法に問題があるという事を示していた。

「浄化の秘薬の作り方が厄介《やっかい》なんです……これをどう解決すればいいか、分からなくて」

セラの言葉にハイドラが反応する。彼女はテーブルから乗り出して興奮気味に言った。

「大丈夫だって！　あたいの研究施設《しせつ》ならどんな治療薬だって作れるよ！　材料と調合の方法さえ分かれば絶対に！」

「でも……その、材料が問題なんです。お父様が作った浄化の秘薬とは、神獣アセナ様が金色山脈を浄化した力を再現するものでした。そしてその再現には非常に珍《めずら》しい薬草や鉱石、霊水《れいすい》、とにかく希少な素材がいっぱい必要で、そう簡単に集める事は……」

セラは父の残した本を眺めながら難しい顔をする。

本当に極めて希少な素材が必要なのだ。

それこそ世界中を駆《か》け、数え切れない程の山々を巡《めぐ》り、時には広大な森の奥深《おくふか》くまで潜《もぐ》り、砂漠《さばく》の中を探し回るような、そんな覚悟《かくご》が必要になる。しかしそれは現実的ではない。

セラの父親が大陸各地で集めた希少な素材を惜しみなく使った事で、神獣アセナがもたらす浄化の力を再現する事は出来た。だが彼《かれ》のように今一度大陸を巡り、浄化の秘薬に必要な材料を集める時間は龍族に残されていないのだ。

セラは本を閉じると大きな溜息《ためいき》をついた。

そしてそこまで聞いて理解した上で、リンドブルムとハイドラは何も問題ないかのような、あっけらかんとした様子で口を開く。

「人の手では、ですよね？　僕らは龍族です。この翼で大陸中を駆け巡り、必要な素材を集めるなんて造作もない話ですよ」

「リンドブルム様の言う通りだって！　あたいが言うのも何だけど、龍族ってのは凄《すご》いんだよ！　昔はこの大陸を縦横無尽《じゅうおうむじん》に飛んでいたんだからさ！」

セラはすっかり忘れていた。今目の前にいるのは人の姿をしている龍族で、元の姿に戻れば巨大《きょだい》な翼を広げて大陸を翔《かけ》る事が出来る事を。龍族《りゅうぞく》が協力してくれれば、セラの言う浄化の秘薬に必要な素材を揃《そろ》える事は夢物語ではなく現実味を帯びたものになる。

リンドブルムはハイドラの言葉に頷いた後、ふっと表情を緩《ゆる》めた。

「それに神獣アセナの力が紫点病の原因を浄化する事が出来るなら、同じ三大神である母君に黒呪病は効かないはずです。母君に黒呪病の脅威《きょうい》が及《およ》ばないのであれば、僕達《ぼくたち》にとっての最大の懸念事項《けねんじこう》も解決したという事になります」

「そうだねっ。バハムート様に何かあれば一大事だからさ。これで安心してバハムート様を街に迎《むか》え入れる事が出来るよ」

ユキには黒呪病の影響が及ばないよう街の外で待ってもらっている。

二人の言う通り黒呪病がユキに感染しないのなら、ネオン達と合流してリドガルドの街で一緒に行動する事も出来るだろう。

黒呪病の治療法だけでなくユキの安全も確保された事を知ったネオンは、希望の光を宿した瞳でセラに問いかけた。

「ユキが大丈夫な事も分かった。それに龍族のみんなも協力してくれる。どんな素材が相手でも必ず見つけ出せるはずさ。だからその治療薬に必要な素材を教えてくれないか?」

「は、はいネオン様！　えっと……こちらになります！」

セラは頷くとテーブルの上に父親の本を開き、ネオン達に浄化の秘薬について記されたページを見せる。彼らは一斉《いっせい》に覗《のぞ》き込みそこに書かれている文字に目を走らせた。

太陽の花、七色の石、霊聖銀砂《れいせいぎんさ》、蒼天《そうてん》の神水、紅蓮《ぐれん》の雫《しずく》……。

他にも様々な名前が記されているが、そのどれもが幻《まぼろし》の類に入るような貴重な素材ばかりである事を彼ら全員が瞬時《しゅんじ》に悟《さと》った。

リンドブルムとハイドラは目を細めて感心するように呟《つぶや》く。

「この素材を集めさえすれば、神獣アセナの浄化の力を再現して、龍族を蝕む黒呪病の治療薬が作れるというわけですね。ハイドラ、素材の採取地については知っていますか？」

「大丈夫、全部頭の中にあるよ。遠いし危ない場所だったりで集めるのは大変だけど、あたい達で力を合わせれば何とかなる！　この大陸を回れば見つかるはずだし！」

「この大陸だけで済むのは幸いです。分かりました。それなら黒呪病の症状が軽い龍族を集めて、素材を入手する為の部隊を編成しましょう」

「おっけおっけ。あたいは採取地の詳細を地図にしたり、採取方法をまとめたりしておくよ。あとはセラちゃんの本を確認《かくにん》して調合に必要な器具の準備をしとくね。素材を集めるのはリンドブルム様に任せるからよろしく！」

二人は視線を合わせて頷《うなず》くと今後の方針を固めて具体的な行動に移った。

ハイドラはセラから父親の本を預かり、浄化の秘薬に関する内容に再び目を通す。それから嵐を巻き起こすように実験器具をかき分け、薬の精製に必要なものを集め始めた。

リンドブルムは龍族の会話方法である思念を、街全体に飛ばし事情を説明し始めたようだ。やがて彼女は静かに笑《え》みを浮かべ、ネオン達の方に振り向いて穏《おだ》やかな声音で告げた。

「材料確保の見通しはある程度つきました、これで治療薬を作る事が出来ますよ」

「リンドブルム様……これで黒呪病を治す事が出来るんですね……良かったぁ」

「お手柄《てがら》ね、セラ！　あんたのおかげで、みんな元気になってくれるわよ！」

「ひゃぁ……ル、ルージュさん急に抱きつかれたらびっくりしちゃいますよぅ……っ」

「あはは、ちょっとくらい良いじゃない。ほらほら、いっぱい撫《な》でてあげる！」

「あっ、あたしの帽子《ぼうし》……！　か、髪《かみ》の毛をわしゃわしゃしないでくださいぃ～！」

セラとルージュはじゃれ合って楽しげな笑い声を上げながら抱きしめ合う。

その様子を見てネオンも嬉《うれ》しそうに微笑《ほほえ》んでいた。

龍族を蝕む黒呪病を治せる可能性が見つかって、その治療薬を作る事も出来ると分かった。黒呪病の脅威《きょうい》から龍族を救い出す事が出来れば、三龍王《さんりゅうおう》の協力を得て禁断の地に辿り着く日もそう遠くはないはずだ。

それからリンドブルムは龍族への情報共有を終えたようで、改めて全員の顔を見渡《みわた》してから口を開いた。

「明日以降の計画については僕の方で上手くまとめておきます。ネオンさん達《たち》の期待にも応えられるよう頑張りますね」

「ああ、頼むよリンドブルム。ただ……これから俺達の方はどうしたら良いかと思ってさ。龍族のみんなが素材を集めている間に、俺達も何か出来る事はないかって」

「そのお気持ちは嬉しいのですが、皆さんは街の外で待っている母君を連れて今日のところはお休みください。街への移動で疲《つか》れているでしょうし、明日からまた皆さんのお力を借りる事になります。英気を養ってもらうのも大切な事ですから」

リンドブルムが部屋の入口の方に目配せをすると、扉の向こうからぞろぞろとメイド服を着た黄龍族が姿を見せる。礼儀《れいぎ》正《ただ》しい仕草で頭を下げて一礼し、セラやルージュ、そしてネオンに歩み寄った。

「彼女《かのじょ》達は僕に仕えるメイドです。皆さんが泊《と》まる場所の用意を頼んでいますのでそちらへどうぞ。必要なものがあったら遠慮《えんりょ》なく言ってくださいね、すぐに準備させますから」

「助かるよ、龍族ばかりのこの街で宿をどうするべきなのか悩《なや》んでいたんだ」

「僕らは人間と全く同じように生活しているので、その宿泊施設《しゅくはくしせつ》にも一通りの物は揃っているると思います。全て自由に使ってもらって大丈夫《だいじょうぶ》ですから」

「ありがとう。それじゃあ、ユキを迎えに行った後はそこでゆっくりさせてもらうよ」

無事に寝床《ねどこ》が確保出来た事に安堵《あんど》するネオン。その一方でセラとルージュは瞳を輝かせていて、テーブルに身を乗り出しながら興奮気味に声を上げた。

「リンドブルム様、一通り揃っているってもしかして。お風呂《ふろ》もあったりするのですか?」

「黄龍族が人間と同じ暮らしをしているなら、お風呂に入る習慣も一緒《いっしょ》だったりしないかしら!?　ねぇ、あるんでしょう?　お願いだからあると言って!」

「えっ?　は、はい、ありますよ。人間の住むものと同じ設備が備え付けてあるので、暖かい湯をご用意させて頂きますけど――」

二人の勢いにリンドブルムは困惑《こんわく》した様子を見せながらも答えると。

「「やったー!!」」

セラとルージュは両手を上げて喜び、もう待ちきれないと言った感じではしゃいでいる。

そんな二人のおかげで緊張《きんちょう》がほぐれたネオンは思わず笑顔《えがお》を浮かべた。

明日からまた忙《いそが》しくなる。けれど今はゆっくり体を休めよう。

穏やかな空気に包まれたネオン一行は、街の外で帰りを待つユキの下へと向かった。

※

ネオン達《たち》が黄龍族《こうりゅうぞく》の街、リドガルドにいたその頃――。

真っ白な雪の降り積もる極寒の地の山脈。

その頂上に佇《たたず》みながら眼下に広がる景色を眺めている人影《ひとかげ》があった。

「ううっ、寒いっ！　お兄ちゃんに会いたくて極寒の地まで来ちゃったけど、本当に何もないとこだねー、ここは」

大きな外套《がいとう》のフードを深く被《かぶ》っている為《ため》、その容姿までは分からない。だがその腰にかけられた青い刃《やいば》を宿す剣《けん》を見れば、誰《だれ》もが彼女《かのじょ》の正体に気が付くだろう。

それは聖剣《せいけん》エクスカリバー、武神によって異界からもたらされた最強の剣。

その持ち主はこの世界に二人としていない。

彼女は聖剣の英雄、シオン・グロリアス。万物《ばんぶつ》を斬《き》り裂《さ》き、あらゆる敵を屠《ほふ》る力を持つ最強の剣士《けんし》にして、ネオン達の最大の敵。そしてネオンと血の繋がった実の妹でもある。

彼女がここにやって来た理由はただ一つ、愛《いと》しい兄であるネオンとの再会を果たす為。

シオンは海の都メゼルポートに兄ネオンの姿がない事を嘆《なげ》いた。

彼らが神杖の英雄シャルテイシアの手引によって、この極寒の地に足を踏《ふ》み入れた事を知ると単身でこの地に赴《おもむ》いたのだ。

「お兄ちゃんがここにいる。早く会いたいな」

シオンは愛《いと》おし気《げ》に目を細めながら胸に手を当てて呟く。

この白銀の大地の何処《どこ》かに兄がいると思うだけで心は震《ふる》えて満ち足りる。それはまるで兄に優しく抱かれるような心地良《ここちよ》さ。だがそれと同時に激しい焦燥《しょうそう》感にも襲《おそ》われてしまう。

この地は生きとし生けるもの全てを拒《こば》む死の世界、そこに足を踏み入れれば最後。人間では決して生きて戻る事は出来ない場所とされている。故にこの場所を兄が訪《おとず》れているという事実に、シオンは言いようのない不安を覚えていた。

「お兄ちゃんの事だから寒さにやられて、なんて事はないと思うけど。でも万が一もあるもんね、ボクと戦う前に遭難《そうなん》しちゃったりしたら大変。だから迎えに来てあげたんだよ?」

彼女はこの白銀の世界の何処かにいる兄へ向けて語りかける。

恍惚とした表情で、熱の籠《こも》った視線を向けながら。

「極寒の地で戦い、雪と氷の中で息絶える。そしてその悲劇的な結末だけを残して、多くの人々に語《かた》り継《つ》がれていく。ああっ、何て素晴らしくて甘美《かんび》な物語! 想像するだけでもゾクゾクしちゃうよ!」

シオンは身震《みぶる》いしながら両手を大きく広げて天を見上げる。

だがすぐに首を左右に振り、気を取り直すように頬に手を当てた。

「あーでも、単に雪山で遭難したって勘違《かんちが》いされる事もあるかー。だってボク達以外にいるのは引きこもりの龍族だけで他に誰もいないしね。見聞きしてくれる人がいなきゃ成立しなくないかな、これ」

そう言ってシオンは困り顔を浮かべると辺りを見渡す。

それからぱっと顔を明るくして妖艶《ようえん》な笑みを浮かべると白い吐息《といき》と共に囁《ささや》いた。

「あっは。そっか、この地なら帝国の目だけじゃない、武神の目も届かない。だったらもうちょっと大胆《だいたん》になってもいいよね？　そうだ、そうしよう！」

シオンは楽しげに笑い声を上げながら、聖剣エクスカリバーに手を伸《の》ばす。

「お兄ちゃん達にはもっと強くなってもらわないといけない。誰よりも強く、強く強く！　だからボクが色々教えてあげるんだ。その後に舞台《ぶたい》を整えて、最高のシチュエーションを用意してあげよっと！　そこでボクとお兄ちゃんの物語に幕を下ろせば――あっは！」

シオンは興奮を抑えきれない様子で瞳を輝かせながら叫ぶ。

聖剣を胸に抱きながら、高ぶる感情に身を任せるようにその場でくるりと回った。

「きっとお兄ちゃんだって喜んでくれるに違いない。うん、そうだよ。これはお兄ちゃんの為になる。だから待っててね、今そこに行くから！」

シオンは狂気《きょうき》に歪《ゆが》んだ笑みを浮かべると聖剣を腰にかけた。

それから地面を蹴《け》って飛び上がる。

人を超越《ちょうえつ》した身体能力を持つ彼女にかかれば、たとえそこが凍土《とうど》であろうとも大した障害にはならない。大空へと舞《ま》い上がると、兄のいるはずの場所へただ一直線に突き進む。

そうしてシオンは兄との再会を夢見て、白銀に染まった世界へと消えていった。

第三章

ユキと合流した後、メイド達の案内で用意された宿泊施設に辿り着いたネオン達。

どんな宿に泊まる事が出来るのか、弾《はず》むような足取りで向かった彼らだったが、その場所は想像以上に立派な建物——というか街の中央にかまえる白亜《はくあ》の宮殿《きゅうでん》だった。

そこは黄龍王《こうりゅうおう》リンドブルムが住まう王宮であり、豪華《ごうか》絢爛《けんらん》な装飾《そうしょく》が施《ほどこ》された美しい外観と広大な庭園は見る者を圧倒《あっとう》させる。龍王の持つ絶大な権力を示すかのような佇まいを前にして、ネオン達は呆気《あっけ》に取られて言葉を失っていた。

あまりにも場違《ばちが》い感がある場所に足を踏み入れて良いのか戸惑《とまど》ってしまうが、メイド達は何も気にする事なく堂々とした振《ふ》る舞いでネオン達を招き入れようとする。

夢でも見ているかのような心地《ここち》で城の中へと案内されて、やがてリンドブルムが用意してくれた客室に到着《とうちゃく》した。

立派な扉の向こうにあるのは広々とした空間。

床にはふかふかの絨毯《じゅうたん》が敷《し》かれ、天井《てんじょう》からは豪華《ごうか》なシャンデリアが吊《つ》るされている。

壁には龍族が空を飛ぶ様子を描《えが》いた絵画が飾《かざ》られ、窓際《まどぎわ》には鮮《あざ》やかな色をした花々が生けられた花瓶《かびん》が置かれていた。

まるで王族が住むような内装に感動しながら、ネオン達は室内に足を踏み入れる。

「城の外見も凄かったが中身も相当だな。まさかここまでとは……」

「こんな素敵《すてき》な部屋で寝泊《ねと》まり出来るなんて夢みたいです！　わぁ……っ、ここから見える街の景色すっごいですよ、ネオン様！」

「ネオン見て！　このベッドふっかふかよ！　奥《おく》には浴室まで付いてるわ！　しかも広くて大きい！　なにこれバラのお風呂!?　最高じゃないの！」

「ネオン、美味《おい》しそうなお菓子《かし》がある。チョコクッキーにシュークリーム、マカロンも」

セラとルージュは豪華な客室に興味津々な様子で走り回り、ユキはテーブルの上に置かれたお菓子を見つけて瞳《ひとみ》を輝かせる。

ネオンがその様子を微笑ましく思いながら眺《なが》めていると、黄龍族のメイドの一人が頭を下げて声をかけてきた。

「城のシェフに夕食の用意をさせているところです。出来ましたらこちらの部屋にお運びしますので、それまでしばらくお待ちください」

「どうも。なんか至《いた》れり尽くせりで申し訳ないくらいだ」

「これも全ては我らを生み出したバハムート様と、龍族の恩人である皆様《みなさま》への感謝の気持ちでです。どうかお気遣《きづか》いなく」

メイド達は深々と頭を下げてから退室し、それからようやくネオンも肩《かた》の力を抜《ぬ》いて落ち着く事が出来た。

ソファーに座《すわ》って体を休めつつ、ガラス窓の向こうをぼんやり見つめる。

「もう夕食の時間か。今日は本当にあっという間だったな」

街に着いてから休み無しで動きっぱなしだった事と、雪上の大地を歩き続けた旅の疲れが重なって、流石のネオンも疲労《ひろう》の色は隠《かく》せない。

けれどセラやルージュは旅の疲労感よりも好奇心《こうきしん》の方が勝っているようで、さっきからずっと部屋の中のあれやこれやを見て回っている。

豪華な客室の中でお姫様《ひめさま》になった気分なのか、二人は笑みを浮かべていた。

「ネオン様、ユキちゃん！　お城の中、見学しに行ってきてもいいですか！」

「私も見に行きたいわ！　こんな凄いお城に入れる機会なんて滅多《めった》にないんだもの！」

二人はぴょんぴょこと跳《は》ねながらネオンに駆け寄り、期待に満ちた眼差《まなざ》しを向ける。

「セラ、ルージュ、ちょっと落ち着いてくれ……。それにあまり勝手に出歩いたりしない方がいいんじゃないか？」

「ネオン、大丈夫。リンが何処《どこ》でも出歩いて良いって言ってくれた」

「え？　本当か？」

「うん。龍族は近くにいればいつでも思念で確認を取れるから、今聞いた」

「そっか。それじゃあ夕飯までには帰ってこいよ？　多分この感じだとご馳走《ちそう》を用意してくれてるだろうから」

「はーい！　じゃあちょっとセラと見てくるわね！　いってくるわよー！」

「あっ、ルージュさん待ってくださいー！」

二人は勢いよく扉《とびら》を開き、そのまま廊下《ろうか》へと飛び出していった。

元気いっぱいの二人の後ろ姿を見送りながらネオンも笑みを浮かべる。

それから静かになった客室で息をつき、ソファーに深く座り直した。

「ネオン、隣いい？」

「ああ、別に構わないぞ」

部屋を出ていったセラ達と違い、落ち着いた雰囲気《ふんいき》のユキはネオンの隣に腰を下ろす。

その手に持っているのは先程《さきほど》見つけたお菓子の盛られた小皿で、クッキーを一枚取って口に運んだ。サクサクと軽い音が聞こえて、甘《あま》い匂いがネオンにも伝わってくる。

ユキは頬《ほお》を緩ませて、そのまま幸せそうに目を細めた。

「良かったな、ユキ。こうやって無事に街の中へ入る事が出来て」

「うん。これもネオン達のおかげ。紫点病との共通点から、わたしには黒呪病《こくじゅびょう》が感染《かんせん》しない事を証明してくれた。だからこうしてネオンの傍《そば》にいる事が出来る」

感謝するように微笑むユキはネオンの肩に頭を預け、甘えるように体を寄せてきた。

ネオンもユキが隣に居てくれる事に喜びを感じながら、彼女の純白の髪を優しく撫でる。

「街の外に一人でいるの、本当は少し不安で寂《さび》しかった。いつもネオンと一緒だったから」

「そうか、俺も同じだよ。ユキはいつも俺の隣にいてくれた。あのままユキを置いてけぼりにしたくなかったからな。一緒にいられる事が分かって嬉しいよ」

「ネオンも寂しかったんだ。えへへ、一緒」

ユキは小さく声を漏《も》らして体を更《さら》に密着させ、頭をぐりぐりと押《お》しつけてくる。

まるで猫が飼い主にすり寄るような仕草にネオンも自然と笑みが零《こぼ》れた。

それからユキと同じようにクッキーを手に取り、口の中に放《ほう》り込《こ》む。サクッとした歯ごたえと共にチョコレートの甘みが広がり、少しだけ疲れが取れた気がする。それはユキも同じだったようで、クッキーを食べる度《たび》にふにゃふにゃと頬を綻《ほころ》ばせていた。

二人で食事前の小腹を満たしながら、ゆったりした時間を過ごす。

窓からは茜色《あかねいろ》に染まった柔《やわ》らかな夕陽《ゆうひ》が差し込んでいて、暗くなる前の一時《ひととき》を照らして

いた。そして窓の外に広がる夕焼け空を見つめてネオンはぽつりと呟く。

「セラの言っていた黒呪病の治療薬。龍族が総出で材料を集めてくれるって話だったな」

「そう。と言っても動いてくれるのは黄龍族だけだと思う。赤龍族《せきりゅうぞく》は病状が酷《ひど》くて動ける状態じゃないらしい」

「龍王国には青い龍もいるんだろ？　青龍王《せいりゅうおう》ティオマトは手伝ってくれないのか？」

それはネオンにとって何気ない質問だった。

黒呪病は龍王国の存続の危機、種族全体を脅《おびや》かす問題だ。ならば青龍王も協力してくれるのではないかと考えたのだが、その問いかけにユキは眉《まゆ》を下げて首を横に振った。

「それは難しい。青龍王ティオマト、ティオと青龍族は他の龍族にきっと手を貸さない」

きっぱりと否定されてネオンは思わず面食らってしまう。

どうしてそんな事を言うのだろうか、疑問に思うがユキはそのまま言葉を続けた。

「そもそも青龍族は黒呪病の被害を一切《いっさい》受けていない。だからあの子達にとって黒呪病は対岸の火事のようなもの」

「青龍族は黒呪病に無関係？　でもリンドブルムは言っていたよな、ほぼ全ての龍族が黒呪病を患っているって」

「それには語弊《ごへい》がある。正確には全ての龍が黒呪病に罹患《りかん》しているわけじゃない。極寒《ごっかん》の地に住む龍族、赤龍族と黄龍族だけの話で青龍族は無関係だった」

「極寒の地に住む龍族？　それじゃあ青龍族はこことは別の場所で暮らしてるのか？」

ユキはその言葉に頷くと窓の外に視線を向ける。

夕焼けに染まったリドガルドの街並みはまるで絵画のように美しい。

けれど彼女が見ているのはその景色の更に向こう側——遥《はる》か彼方《かなた》まで広がる大空の奥底《おくそこ》。

「ネオン、見える？　空の向こうに浮かぶ巨大な積乱雲」

「積乱雲……？　ああ、確かにあるな」

ネオンは言われるままに空へと目を向けた。

遥か彼方には渦巻《うずま》く巨大な雲が浮かんでおり、激しい稲妻《いなずま》を纏《まと》って空の中で輝《かがや》いている。

あれがどうかしたのだろうかと不思議に思っていると、ユキはおもむろに立ち上がり窓の方へ歩み寄っていった。

「あの雲の中に青龍族は住んでいる。あの分厚い雲は北の地から吹《ふ》き荒《すさ》ぶ風を一切通す事がない。だから青龍族だけは黒呪病の影響《えいきょう》を受けなかった」

「それって黄龍族も似たようなものだったよな。この街を囲む大森林のおかげで被害を受けずに済んでいたって。でも赤龍族から感染した黄龍族が一匹《ぴき》いて、そこから一気に広がったそうじゃないか」

「うん。それは黄龍族と赤龍族の間に交流があったから起きた事、仕方がない事。でも青《せい》龍族《りゅうぞく》はそうじゃないの。青龍族は数百年前の大戦に敗れたあの日から、あの雲の中で外界との関わりを断《た》ち続けている。他の龍族との絆《きずな》も途切《とぎ》れてしまった」

「つまり……青龍族は過去の大戦で他の龍族と何かあって仲が悪いのか？」

「分かりやすく言えば、そう。他の龍族との関係を保ち続けていた青龍族もいたけど、その子達は『オウカ』という東の果てにある遠い島国へ移り住んだ。王国に残っている青龍族とはもう何百年も付き合いがない」

「なるほどな。雲の中に引きこもっていたおかげで青龍族は黒呪病の被害にあってなくて、そして仲の悪い別の龍族に手を差し伸べるつもりもないわけか」

「そういうこと。だから青龍族の協力は期待しない方が良い。でも知恵《ちえ》の樹《き》の杖《つえ》を手に入れる為には、ティオの力を借りる必要がある。あの子をどうやって説得するか悩んでる」

「はあ……確かにな。リンドブルムの話じゃ黒呪病をどうにか出来れば、三龍王の力を借りて知恵の樹が眠《ねむ》る禁断の地への封印《ふういん》を解いてもらえるって感じだったけど……実際はそれだけじゃだめなのか。難しい問題が山積みだな」

　ティオマトを説得する方法がリンドブルムにあるからこその発言だったのか、ともかく今の時点では青龍族の協力は得られないらしい。

今の状況《じょうきょう》を整理すれば、黒呪病の治療法《ちりょうほう》を見つけたが治療が済んだわけではない。

黄龍族と赤龍族の間で未だ黒呪病は猛威《もうい》を振るっており、それを鎮《しず》める為にも薬の材料を早急《さっきゅう》に集める必要がある。三大神の力が黒呪病に対して有効な事は判明したが、今のユキは神の力の殆《ほとん》どを失っている為、黒呪病をもたらす原因を取り除く事が出来ないのだ。

同時に黒呪病を撒《ま》き散らしている元凶《げんきょう》は健在だ。

武神がもたらしたその元凶を取り除かない限り、また新たな脅威が龍族を襲うだろう。

そして遥か空の彼方に住む青龍王に力を貸してもらう為には、他の龍族との間にある深い溝《みぞ》を乗り越《こ》えなければならない。

「ま、今は出来る事をやるしかないか。幸いにも黄龍族は俺達《おれたち》に好意的だし、黒呪病を解決出来れば青龍王の件でも協力してくれるはず」

「うん。ネオンの言う通り。まずは一つずつ問題を解決していくべき。でもその前に今日はゆっくり休む」

「だな。黄龍族が用意してくれるご馳走に、立派な浴室、ふかふかベッド。文句なしだ」

「そういえばお風呂はどうする？　わたし、ネオンにまた背中を流してほしい」

「え⁉　いや、それは……」

「寝《ね》るのも同じベッドがいい。寝袋《ねぶくろ》は窮屈《きゅうくつ》だったけどベッドは広い、二人で一緒に眠れる」

「そ、それもちょっと……」

「だめ？」

上目遣《うわめづか》いで見つめてくるユキの仕草はあざとさたっぷりだが、本人は自覚なしでやっているのだからなおさらタチが悪い。

小首を傾《かし》げてじっと見つめられ、ネオンは顔を真っ赤にして慌《あわ》てて目を逸《そ》らす。するとユキはむっと頬を膨《ふく》らませて、ずいっと距離《きょり》を詰《つ》めてきた。

「おふろ、ねる、いっしょ。分かった？」

「うっ……」

一人で街の外にいたのがよっぽど寂しかったのだろう。

甘えん坊《ぼう》になったユキに有無《うむ》を言わさず迫《せま》られて、ネオンは思わずたじろいでしまう。

セラとルージュの二人が帰ってくるまでユキの可愛《かわい》いお願いは止まらず、ネオンはあたふたと慌てながら夕食の時間を迎える事になったのだった。


「凄いご馳走です！　色とりどりで華《はな》やかで、見ているだけで楽しくなります！」

「美味しそうな匂《にお》いね。この肉料理は何ていうのかしら、とっても香《こう》ばしくて食欲をそそられる香りがするのだけれど」

「どれも美味しそう。早く食べたいな」

「本当に豪華だな……極寒の地でこんなご馳走にありつけるなんて思わなかった」

黄龍族が用意してくれた豪勢《ごうせい》な食事を前にして、ネオン達は瞳を輝かせていた。

テーブルの上には豪華な肉料理を中心にした様々な種類の食事が並び、食欲を刺激《しげき》する香りに皆《みな》がごくり唾《つば》を飲《の》み込む。

黄龍族の料理人が腕《うで》によりをかけて作ったというだけあってどの料理も実に美味しそうであり、空っぽのお腹《なか》が悲鳴を上げてしまいそうだ。

「お父様の本には龍族は基本的に食事を取らず、魔力《まりょく》が枯渇《こかつ》した時のみ食事という形で魔力を補給する、とありました。そんな龍族の皆様が料理上手だったなんて驚《おどろ》きです」

セラは目の前の光景に圧倒されつつ感心するように呟いた。

黄龍族の食事文化を知るユキは綺麗な花の浮いたフィンガーボールを眺めながら答える。

「黄龍族は過去の大戦で一緒に戦った同盟国の文化を引き継いで、それを再現した暮らしを送っている。この料理も同盟国の食文化をそのままに、レシピや材料なども当時のものを再現している」

「それで黄龍族の皆様はお料理も得意なんですか。わあ……メモしたい。でも食事中なのでお行儀《ぎょうぎ》悪いから我慢《がまん》ですね……」

セラはユキの話した内容を知識として本に書き記したいようだが、それは流石《さすが》に食事の時はマナー違反《いはん》。むずむずと体を揺らしながら必死で堪《こら》えていた。

一方ルージュは待ちきれないといった様子で声を上げる。

「そろそろ食べちゃいましょ。お腹が空《す》いてもう限界、さっきからお腹がぐーぐー鳴って仕方ないんだから」

「それもそうだな、冷めないうちに頂こう」

夕食を作ってくれた黄龍族と食材への感謝を込めて、全員で手を合わせてから早速《さっそく》食事を始める。

ネオンはグラスに注がれたぶどう酒に口を付ける。

濃厚《のうこう》で芳《こう》ばしい香りと深い甘みが口いっぱいに広がった。

初めて口にしたはずのぶどう酒だったが、不思議と何処か懐《なつ》かしい味わいだ。

その理由はすぐに分かった。

かつてネオン達が虹色《にじいろ》の神殿《しんでん》という遺跡《いせき》を守る一族の村を訪れたあの時、気の良い村長が今飲んでいるものと同じ味と香りのぶどう酒を振る舞ってくれたからだ。

星の樹の森に住み続けた事で酒などの嗜好品《しこうひん》に疎《うと》かったネオンだが、生まれて初めて口にしたぶどう酒の味はあまりにも美味しくて、その記憶《きおく》は彼の中で鮮烈《せんれつ》に残っていた。

それを思い出しながら、ネオンはもう一度グラスに口を付ける。やっぱりこの味だ。

「セラ、このぶどう酒の味。覚えがないか？　虹色の神殿で邪教徒《じゃきょうと》を倒《たお》した後、そのお礼に振る舞ってもらったのと同じ味がするんだ」

「えっ、あの村のぶどう酒ですか？　あたしはほら、飲んだらすぐにふにゃふにゃになっちゃったので……あの時はちょっぴりしか頂いてませんよ？」

「でもセラもびっくりしてたよな。お酒なのにジュースみたいに飲めるってさ」

「はい、覚えてます。とっても甘くて香りも良くて、こんな素敵な飲み物があるなんて知らなかったなぁ、って感動しました」

「それと同じ味がする気がしてさ。ちょっとセラも確かめてくれないか？」

「本当ですか？　では……ネオン様がそう言うのなら」

セラは少し緊張した面持《おもも》ちでグラスを取って小さな唇《くちびる》に近付けていく。

黄龍族の作ったぶどう酒を舌の上で転がしてから、こくりと小さく喉《のど》を鳴らしてセラはほおと熱っぽい溜息を漏らした。

「ふああ……甘くて美味しい。まろやかな甘みとぶどうの豊潤《ほうじゅん》な香りが合わさって、とっても幸せな気分になりますね。この感じ……確かにそうです。ネオン様が言うようにあの村で飲んだものと一緒に思えます」

セラは頬を赤く染めてうっとりとした表情を浮かべている。あの時も同じ顔をしてたっけ、村長も喜んでいたよな、とネオンは当時の事を思い出していた。

そんな二人の様子を眺めながらルージュは首を傾げる。

「ねえねえ、ネオン、セラ。二人はこのぶどう酒を飲んだ事があったの？　黄龍族の作ったお酒が帝国《ていこく》の方に流通しているって事？」

「いやそうじゃなくて。その村の特産品っていうか他の場所では飲めないはずなのに、黄龍族が作ったぶどう酒もそれと同じ味、同じ香りがするんだよ」

「へえ、不思議な事もあるのね。セラはお酒弱いけど味覚は鋭《するど》いし、ネオンも記憶力《きおくりょく》はばっちりだもの。二人が言うんだから間違《まちが》いなさそう」

そう言ってルージュもぶどう酒をごくりと一口。今まで飲んだどのお酒よりも美味しかったのか、瞳を輝かせてぱあっと明るい笑顔になる。

「何よこれ、めちゃくちゃ美味しい！　こんな美味しいお酒は初めてかも！」

「だろ。俺《おれ》も初めて口にした時は驚いたんだ。その衝撃《しょうげき》を黄龍族の街で味わえるなんて思っていなくて、正直びっくりしてる」

嬉しさのあまり思わず笑みを零してしまうネオンを見て、ユキは何かを思い出したかのようにぽつりと呟いた。

「そういえば言っていなかった。黄龍族が数百年前に一緒に戦った国、実は虹色の神殿の近くに城を構えていたの。このぶどう酒もその国の文化を引き継いだもの。ぶどうの品種も一緒、栽培《さいばい》方法も同じ。お酒にする作り方もそのまま。だから味が似通うのは当然」

ユキの言葉にネオンとセラは驚きのあまりに目を丸くする。

つまり黄龍族が受け継いだ人間達の文化とは、あの地方の暮らしの事だったのだ。

「でも変だな。虹色の神殿の近くに城がある様子はなかったし、国と呼ばれるようなものも存在しなかったはずだ」

「過去の大戦で多くの国が滅《ほろ》び、今では跡地《あとち》が僅《わず》かに残っているだけ。その国はもう存在していない。けれど当時の記憶だけは龍族の中に残っている。このお酒も料理も黄龍族が受け継いできた大事な思い出の一つ」

「そっか。それで懐かしさを感じたんだな」

「ユキちゃん、なるほどです。仲の良かった人達の事を忘れないよう、黄龍族の皆様はその思い出を暮らしに反映させて生きているんですね。素敵です」

「だから私達にも友好的だったのね。人と龍の間で育んだ絆や大切な思い出があったから、私達とも仲良くしたいって思ってくれたのかも」

龍王であるリンドブルムも、この街の黄龍族も、ネオン達に温かく接してくれた。それはきっとかつての盟友達との思い出が彼《かれ》らの心に刻まれているからだろう。人とまた手を取り合い、共に歩んでいきたいと願ってくれているからこそ、こうしてネオン達の事を優《やさ》しく迎え入れてくれたのだ。

「そういえば……虹色の神殿で拾った赤い宝石、あれってもしかして」

ネオンは席を立って、荷物を入れていた大きな鞄《かばん》に近付いていった。

そして中に入っていた小さな布袋《ぬのぶくろ》を取り出し、その中身を確認する。

袋の中には赤色に輝く宝石が入っている。

掌《てのひら》の半分程《ほど》の大きさで、まるで炎《ほのお》をそのまま閉《と》じ込めたかのように煌《きら》めく美しい宝石だ。

「ネオン様、それってもしかして？」

「ああ、虹色の神殿で拾ったやつさ。セラも覚えてたか」

ネオンはその宝石を裏返して、そこに刻まれた文字を読み上げた。

「アリフェオン王国の友へと捧《ささ》ぐ。拾った時は一体何の事か分からなかったけど、今なら分かる気がする。これって黄龍族が一緒に暮らしていた同盟国の人々に贈《おく》ったものなんじゃないかって」

ユキの説明の通りなら、黄龍族が同盟を結んだ国は虹色の神殿の近くにあった。

そしてその街の跡地となった場所に落ちていた宝石、まるで龍の放つ炎を封《ふう》じ込めたかのような赤い輝きを放つ宝石。

ネオンにはかつて黄龍族の誰かが、親友への贈り物として作ったもののように思えてならなかったのだ。

ユキはその宝石を見つめながら、懐かしむかのように語り出す。

「一緒にネオンと虹色の神殿に行った時のわたしは、まだ幼い龍の姿をしていて説明出来なかった。でも今なら出来る、だから教える」

そう言うとユキも席から離《はな》れて、ネオンの傍まで歩み寄ってきた。

「この宝石はネオンの予想通り、黄龍族が特別な相手へと贈るもの。その名を龍水晶《りゅうすいしょう》という。きっと黄龍族の誰かと同盟国の人の誰かの間で特別な感情が芽生えて、それを形として残そうとして作り出したんだと思う」

「やっぱりな。同盟国は過去の大戦で滅んでいるし、何百年も昔の話だ。龍族が贈った相手っていうのも亡《な》くなってるよな。でも贈った龍族の方はまだ生きているかもしれない」

「うん。きっと贈り主の龍族は生きている。明日リンに渡《わた》したらどう？　この宝石をその贈り主の龍族に返したら、きっと喜んでくれるだろうから」

「そうだな。明日になったらリンドブルムに頼《たの》んで贈り主を探してもらうよ。黄龍族のみんなには世話になってるから、少しでも恩返しが出来たらいいな」

黄龍族《こうりゅうぞく》の民は穏やかで優しくて、ここに来てからずっとネオン達に良くしてくれている。その黄龍族が大切にしている思い出の品を返す事で、少しでもその気持ちに応えられたらとネオンは思ったのだ。

二人の話を聞きながらセラは嬉しそうに声を上げる。

その視線はテーブルの上に置かれたグラスに向けられていて、そこには黄龍族のぶどう酒が入っていたはずだ。けれどそのグラスは空っぽになっていた。

いつの間に飲んだのか、セラはほんのりと頬を赤く染めてご機嫌《きげん》そうにしている。

「宝石の件もそうですけど、あたし達の為に用意してくれたこのご馳走にも、黄龍族の皆様の優しさが込められているのを感じますね」

「きっちり完食しておかわりまでもらおう。それが感謝の気持ちにもなると思うからな」

「はいっ。優しくしてくれたお礼も兼《か》ねてたくさん食べましょう。それから作ってくれた龍族の方にお礼を言いに行きたいです」

「このぶどう酒すっごく美味しいから、何杯《なんばい》でもいけちゃうわ。ほらほらネオン、セラもたくさん飲みましょ。私達が楽しく食べたら作ってくれた黄龍族も喜んでくれるはずだわ」

「みんな良い子。美味しく楽しく食べてくれるのが一番嬉しい。おかわりもいっぱいある

「そう、好きなだけ食べてね」

龍水晶を片付けたネオンはユキと共に席に戻《もど》り、改めて黄龍族の心遣《こころづか》いに感謝しながら食事を続けた。

テーブルに並べられた数々の料理はどれも絶品で、フォークとスプーンを動かす手が止まらない。そしてやはりというかぶどう酒があまりにも美味しすぎて、ついついグラスを傾《かたむ》け過ぎてしまう。

以前にこのぶどう酒を飲んだ時のネオンは、初めて酒という飲み物を口にするという事で恐《おそ》る恐るといった感じだった。お酒を飲むと気分が高揚《こうよう》して陽気になってしまったり、人によっては気分が大きくなりすぎて粗相《そそう》をしてしまう事を知っていたからだ。

世話になった村長がいた手前、あまり羽目を外すわけにはいかないと自制していた部分もあった。だからコップ一杯《いっぱい》に注がれたぶどう酒を飲み、軽く気持ち良くなってきたなくらいで抑《おさ》えていたのだが今回は違《ちが》う。

テーブルを囲んでいるのは長い旅路を共にして互《たが》いに心を通わせた仲間達。

あの時のような遠慮は必要ないのだと、ついついグラスを傾けては喉を潤《うるお》してしまう。

セラも黄龍族へのお礼の気持ちと美味しいぶどう酒の誘惑《ゆうわく》もあって、ネオンと同じようにぐびりと喉を鳴らして飲んでしまう。お酒には弱いが飲む事自体は好きらしく、一口飲む度《たび》にふにゃふにゃと幸せそうな笑顔を浮かべていた。

ルージュは大の酒好きで、そんな彼女の前に最高級のぶどう酒が並んでいれば我慢出来るはずもない。既《すで》にぶどう酒の魅力《みりょく》に取り憑《つ》かれてしまい次から次にグラスを空けていく。

「みんな素敵な飲みっぷり。わたしも久しぶりに飲もうかな」

「ユキもお酒が好きなんだな。そういえば幼龍の姿をしてた時も飲んでたっけ」

「好き。ただ龍族はお酒に酔《よ》う事が絶対にない。体内の魔力が必ず中和してくれる。だから美味しいから飲む、と言った感じ」

「なるほどな、ユキにとってはこのぶどう酒も本当にジュースみたいなものなのか」

「でもわたしもみんなみたいに一度でいいから酔ってみたい。どんな気分なんだろう、とても興味がある。人の姿に戻った今、たくさん飲んでみるのも良いかも」

そう言ってグラスを傾けるユキ。艶《つや》やかな唇を小さく動かして、こくりと音を立ててぶどう酒を飲み込んだ——ただユキはこの時、勘違いしていた。

お酒が効かないのは龍族の体内に宿った魔力のおかげ。しかしその肝心《かんじん》の魔力が自身の体に殆ど残っていない事も、人化の術でその少ない魔力を更に消耗《しょうもう》している事も、ユキはすっかり忘れていたのである。

――食後、ネオン達の客室には甘っぽい香りが漂《ただよ》っていた。

それは雰囲気的な意味合いもあるし、実際にそういう香りがしている。

食器類を片付ける際にメイドの黄龍族が置いていったアロマキャンドル。

ゆらゆらと揺《ゆ》らめく灯《あか》りが甘い匂いを室内に満たしていた。

メイドの黄龍族が言うには元気になる効果があるとかで「これを焚《た》いておけばきっと楽しい夜を過ごせるでしょう」と特に詳細《しょうさい》を語らず去って行った。

一体どういう意味なのだろうかと思いつつも、ネオンはベッドに腰掛《こしか》けてゆっくりとした時間を過ごそうとする。

豪華な食事でお腹は満たされて、美味しいぶどう酒を飲んで気分も良い。

ネオンとしてはかなり飲んだつもりではあったが、どうやら酒に強い体質だったらしくまだまだ余裕《よゆう》がありそうな状態だった。

一方でセラとルージュはだいぶ出来上がっており、ぽわぽわとした表情でネオンの隣《となり》に座っている。

セラの方は十分酔いが回っているようで頬は赤みを帯びており、いつもは澄《す》んでいる瞳がとろんと蕩《とろ》けていた。ルージュの方は何回もグラスを空けたせいか、足取りもおぼつかない様子でネオンの隣に座り込むなりそのままもたれかかる。

最高級のぶどう酒だった事もあったおかげか、二人共悪酔《わるよ》いはしていないらしい。

そしてネオン達《たち》の中で誰よりも酔《よ》っ払《ぱら》っていたのは——意外な事に『絶対酔わない』と豪語《ごうご》していたユキだった。

「ねおん、だっこ」

「ユキ……だ、大丈夫《だいじょうぶ》か？」

「だいじょうび、へいき」

「いや、全然平気じゃないと思うぞ……」

呂律《ろれつ》も上手《うま》く回っていないし、顔も真っ赤だし、何より目が座っている。

完全に酔っ払いのそれであり、その証拠《しょうこ》に普段《ふだん》よりもずっと甘えん坊になっていた。

龍族はいくら飲んでも酔わないからと、ぶどう酒を水のように飲んでいたユキ。しかしそれがいけなかったのか、いつの間にかこの有様である。今もネオンの前にぺたんと女の子座りでしゃがみ込み、両手を広げて抱《だ》っこを要求していた。

「ユキちゃんばっかりずるいです……ネオンさま、あたしもぎゅっとしてください」

「ネーオーンー、私ともいちゃいちゃしましょー？　ほらほら、もっとこっち来てー」

「あ、ちょ、ちょっと二人共……っ！」

両脇《りょうわき》から腕を掴《つか》まれぐいっと引っ張られる。

ルージュはその大きな胸元《むなもと》にネオンの腕を挟《はさ》んで抱きつき、セラも負けじと反対側からぎゅっと抱きついた。

いつもより甘ったるい吐息を間近で浴びせられ、おまけにむにゅりと柔らかいものまで両腕《りょううで》に押し付けられてしまえば、思わず声が出てしまうのは仕方がない事。

セラはまだ成長途中《とちゅう》だがそれでも女性らしい膨らみや丸みを帯びてきているし、ルージュはたゆんたゆんで柔らかくて張りがある。

そんな二人に左右から挟まれた状態で密着されて、しかも相手は完全に理性を失っている状態だ。今までの長い旅路の中でこんなふうに迫られた事などなく、ただでさえ酒のせいで頭がぼうっとしているのでネオンはどうする事も出来ない。

ネオンがあたふたする様子をユキはぽやっとした目で見つめていたが、やがておもむろに立ち上がってふらふらと危なっかしい足取りで近寄ってきた。

「ねおん、わたしもまぜて。わたしもぎゅーしたい」

「待て、ユキ。この状態でユキまでくっつくのは流石に……」

「ふうん。じゃあ、ねおんがくっつきたくなるような事、する」

いつもは見せない妖《あや》しげな笑《え》みを浮《う》かべると、ユキは祈《いの》るように胸元で手を組んだ。

同時に光《ひか》り輝く彼女《かのじょ》の体、人化の術を発動させた時に似ているが少し様子が変だ。

一体何が起こっているのかと思っているうちに光が収まり視界が戻ってくる。

そして光の中から現れたユキの姿にネオンは目を丸くした。

いつも着ている清楚可憐《せいそかれん》な純白のドレスは何処《どこ》へやら。

白い肌《はだ》が至る所から露出《ろしゅつ》した大胆な下着姿のユキがそこには立っていたのだ。

「わたしの服はいつも魔力で生成してる。だからこんな事も出来るの」

「こんな事も出来るって……ユキ。でも、その格好は……？」

羽織っている黒色のベビードールは胸の部分以外ほぼ全部透《す》けていて、その下の滑《なめ》らかな肌が露《あら》わになっている。お腹の部分は丸出しになっており、可愛らしいおへそが覗《のぞ》いていた。そしてくびれのついたウエストに、美しい曲線を描く腰回《こしまわ》り、柔らかそうで健康的な太ももが惜《お》しげもなく晒《さら》されている。

それに肩から鎖骨《さこつ》、胸の谷間まで大胆に開いていて、ユキの女性としての魅力をこれでもかと強調している。大きな果実を思わせる豊満な胸も薄《うす》い布一枚で覆《おお》われているだけで、可愛らしい突起《とっき》がつんと布地を押し上げていた。

それはまるで裸同然《はだかどうぜん》というか、ほぼ全裸《ぜんら》のような姿でネオンは動揺《どうよう》を隠せない。

「るーじゅに教えてもらった。男の人はこういうのが好きだって」

「ル、ルージュが……!?」

ちらりと隣に視線を向けるとルージュは悪戯《いたずら》っぽくウインクをしてみせた。

「ユキってば本当にそういうのに疎いんだもの。だから私が教えてあげたわけ」

「……それで、わざわざユキにこんな格好を？」

「そ。似合ってるでしょ？　いつもの清楚《せいそ》でかわいい感じも素敵だけど、こっちも大人っぽい色気があっていいと思うのよね」

「確かにそうだけど……いや、でもこれは流石に……」

ユキは異性に裸《はだか》を見せたりする時の恥《は》じらいの概念《がいねん》がないので、こういう姿をネオンに見せても平然としている。

つまり単純にネオンが喜んでくれると思って、ルージュの言われた通りの事をしているだけ。だがネオンにとって今のユキの姿は刺激が強すぎる、目のやり場に困ってしまう。

その一方でユキはきょとんとした表情で首を傾げていて、自分がどんな姿をしているのかまるで理解していない。お酒に酔ってとろんとした瞳でじっと見つめてくるユキを前に、ネオンはどうにか冷静さを保とうと必死だった。

「ねおん、この格好だめ？　すき？　きらい？」

「す、好きかどうか聞かれても……俺も男だから、こんな事されたら、その……」

返事に困っているとユキはぷくっと頬を膨らませ、その妖艶《ようえん》な姿をもっとよく見てもらえるようにとネオンの前でくるりと回ってみせる。

薄いベールの布地がふわっと広がり、初雪のように無垢《むく》な太腿《ふともも》と丸くて形の良い大きなお尻《しり》がネオンの目に飛び込んできた。

どちらも肉付きが良くてむちっとしていて、見ているだけでも触《さわ》り心地《ごこち》の良さそうな感《かん》触《しょく》が伝わってきて、ネオンは思わずごくりと唾を飲み込んだ。

何もかもが扇情的《せんじょうてき》で、いけないものを見ている気分になってしまう。

そして、こんな無防備で艶《なま》めかしい格好をしているのがあの清楚可憐なユキなのだ。

そのギャップもあってか、ネオンは目の前の光景が信じられず固まっていた。

「ユキちゃん。それ、とってもえっちで可愛いですね。いいなぁ」

「リクエストしたのは私だけど、確かにこれは良い感じだわ。私も同じの着てみたいかも」

セラとルージュはユキの下着姿を見てきゃっきゃとはしゃいでいる。

一方のネオンはと言えば、ただひたすら顔を真っ赤にして口をぱくぱくさせていた。

ユキは自分の着ている大胆《だいたん》な下着を見下ろす。

「これ、えっちなの？　るーじゅに教えてもらったとき、かわいいなあって思ったけど」

「うんうん、きっとネオンもドキドキしてるわよ。ほら、ネオンどうなの？」

「どうって言われても……そ、そりゃあ……するだろ……」

「えへへー。ねおん、顔真っ赤。かわいい」

「ユ、ユキ。からかうな、恥ずかしいだろ……」

「恥ずかしがってるねおんすき」

気が付けばユキはネオンの目の前にまで来ていて、唇が触《ふ》れてしまいそうになるぐらい顔を近付けてくる。美しく整った顔立ちがすぐ目の前にあり、ネオンは思わず息を呑んだ。

艶を帯びた唇、上気して赤く染まった頬、桃《もも》のような甘い匂いが鼻孔《びこう》をくすぐる。

まるで吸《す》い込まれてしまいそうな程に澄んだユキの純白と真紅《しんく》の瞳《ひとみ》にはネオンだけが映っており、とろんとした熱っぽい視線が絡《から》みついてきた。

「ぎゅーしていい……？　わたしも、ぎゅーしたい」

ユキはそう言うと両腕を広げて再び抱っこを要求してくる。

いつもとは違うユキの妖艶な誘惑にネオンはもう完全に混乱していた。

酔いが回っているのに加えて、部屋に漂う甘い香りが理性を溶《と》かしていく。

――実は黄龍族《こうりゅうぞく》のメイドが置いていったアロマキャンドル、あれは男女の夜を盛り上げる為《ため》の媚薬《びやく》効果のあるもので、性欲を煽《あお》る作用があったのだ。ネオン達はそれに気付かないまま、呼吸する度に全身が甘く痺《しび》れていく感覚に襲《おそ》われ続けている。

黄龍族がネオン達の間に男女の関係があると誤解していた事によるおせっかいであり、

それにより今の彼らは普段より理性のタガが外れやすくなっていた。

あの真面目なセラがこれだけ積極的になっているのも、ルージュがいつもより更に大胆なのも、お酒の酔いに加えてアロマキャンドルの媚薬効果があったせいなのだ。

ネオンも正常な判断が出来ず、本能に抗《あらが》えるだけの余裕は残されていなかった。

そのままユキの甘い誘惑に応えてしまう。

「ちょ、ちょっとだけだからな……」

「えへー、やったあ」

ユキはそのままネオンに飛びついてきて、四人まとめてベッドの上に倒れ込んでしまった。ベッドの上で仰向《あおむ》けになったネオンに覆い被《かぶ》さるユキ、左右にはセラとルージュがいて、それぞれ腕に絡みついてくる。

ユキの豊満な双丘《そうきゅう》が顔にふにゅりと押し付けられ、ルージュとセラも同じように柔らかな体を押し当ててきた。とろけた蜜《みつ》のような甘《あま》ったるい匂いがネオンの思考を更に鈍《にぶ》らせ体を疼《うず》かせる。

酒に酔って顔を赤く染め、媚薬で発情した美女三人が、潤《うる》んだ瞳でネオンを見つめた。

そんな彼女達《かのじょたち》に両側からも正面からも包まれるように抱きしめられて、ネオンの心臓は破裂《はれつ》してしまいそうなくらい鼓動《こどう》を速めていく。

（ど、どうしようこれ……）

熱くなった肌が触れ合う度《たび》にぞくりとした感覚が背筋を駆《か》け巡《めぐ》っていく。このままではいけないと思いつつ、この状況に心地良《ここちよ》さを感じてしまっているのも事実。

だがこの状態でもネオンは彼女達に何も出来ないでいた。

もしネオンが経験豊富な男性であればこの先に進んでいたかもしれないが、星の樹の森にずっと住んでいて性知識もゼロな彼にとっては何が何だか分からない状態なのだ。

けれど彼女達の猛攻《もうこう》は止まらない。お酒に酔った勢いと媚薬作用の組み合わせは、この長い旅路の中でネオンに募《つの》らせていた想《おも》いを爆発《ばくはつ》させるには十分なものだった。

セラはどれだけネオンの事を慕《した》っているのかを切々と訴《うった》えかけながら、ネオンの手に指を絡めて離さない。ルージュは自分の魅力に気付いて欲《ほ》しい事をアピールしつつ、ネオンの体を撫《な》で回している。ユキは甘えた声で何度も彼の名前を呼び、猫《ねこ》のように頬擦《ほおず》りを繰《く》り返していた。

今まで抑え込《こ》んでいた感情が一気に溢《あふ》れ出したかのように、三人共ネオンを求めている。

そのどれもが愛らしくて、可愛くて、扇情的だった。

こんな状況で理性を保つなんて無理がある、ネオンだって三人の事が大好きなのだ。

そして理性が限界を迎《むか》え、ネオンの中で何かがぷつんと切れようとした次の瞬間《しゅんかん》――。

「あれ……ユキ？」

「ぴい？」

――ぼふん、と音を立てて煙《けむり》のようなものが辺りに立ち込めた。

何が起こったか分からずネオン達が目をぱちくりさせていると、目の前にいたはずのユキが姿を消している。

代わりにそこにいたのは首を傾げて不思議そうにしている小さな白龍《はくりゅう》だった。

「ユ、ユキ、あんたどうしてこのタイミングでちび龍に……？」

「ユキちゃん、人化の術を使う魔力が切れちゃったのかもですね……」

「ぴ？　ぴぴぃー⁉」

幼龍の姿に戻ったユキが自分の体を見つめて慌てるように鳴いている。

どうやら今の大胆な下着を作るのに普段よりも多めに魔力を使ってしまったようで、いつもは人化の術を維持《いじ》するのに残している分まで消費してしまったらしい。

そしてユキが急に幼龍になった事で、さっきまで漂っていた甘い雰囲気《ふんいき》が嘘《うそ》のように消えてしまった。

突然《とつぜん》の出来事に酔いも覚め、ネオン達はぽかんと呆気《あっけ》に取られる。

それは我を取り戻すのに十分すぎる程の時間であり、煙が出た瞬間に媚薬作用のあるアロマキャンドルも灯りが消えて、ネオン達は徐々《じょじょ》に冷静さを取り戻していった。

さっきの痴態《ちたい》を思い出して赤面するネオン達。

慌てて体を離して背中を向け合った。

「あはは……なんかあたし達、とんでもない事やってましたね……」

「そ、そうね……まあでも、良い思い出にはなったかも」

「風呂《ふろ》に入ってすぐ寝るか……ちょっと頭を冷やしたい気分だ」

「ぴぃ、ぴぴー……」

お酒の力と媚薬作用で大胆になっていたから出来たことであって、それがなくなれば恥ずかしさだけが残ってしまう。

普段は恥ずかしがったりしないユキですら、ベッドの上で小さな体を更《さら》に小さく丸めて、ぴぃぴぃ鳴きながら羞恥心《しゅうちしん》に悶《もだ》えていた。

裸を見られる事に抵抗《ていこう》のないユキではあるが、ああやって男性へ淫靡《いんび》に迫るのはまた別なのだろう。ネオンへの求愛行動を思い出しては顔を真っ赤にして、枕《まくら》に顔を埋《うず》めたまま尻尾《しっぽ》をばたつかせている。

食事前にネオンと一緒《いっしょ》にお風呂と寝るのを約束したが、今はそんな約束など忘れて穴があったら入りたい気持ちになっているようだ。

それから四人はそれぞれ別々にお風呂に入り、すぐに眠りについたのだが……毛布の中で悶々《もんもん》としたまま、なかなか眠れなかったという。

※

——記憶が飛んでいる事を期待して眠ったネオン達だったが、お酒はそんな都合の良いものではなく全員が昨夜の事をしっかり覚えていた。

朝起きて顔を合わすなり、お互い顔を真っ赤にして気まずい空気が漂う。

人の姿に戻ったユキもネオンと顔を合わせられず、起きてからずっと明後日《あさって》の方向を向いていた。酔いではなく羞恥心で顔を赤くしており、もじもじとする様は可愛いがそのせいで余計にネオンもユキの顔を直視出来ない。

そんなネオン達の様子を見て、事情を知らないリンドブルムが不思議そうな顔を浮かべていた。

「おはようございます、皆さん。治療薬《ちりようやく》の件で迎えに来たのですが……何かありました？」

「い、いや、何でもない」

「そうですか？　なら良いんですけど」

どう見ても何でもないようには見えないが、リンドブルムはそれ以上追及してこないのでネオン達はほっと胸を撫で下ろす。

リンドブルムは昨日の内に今後の計画をまとめ終えており、それをネオン達に共有する為に朝から客室を訪《おとず》れていた。治療薬を集める部隊の代表を龍王《りゅうおう》の間に集め、これからハイドラと共に作戦会議を行う予定らしい。その為にネオン達も同行して欲しいと頼まれ、全員揃《そろ》ってリンドブルムについていく事となった。

支度《したく》を整えたネオン達はリンドブルムの後を追い、城の中を歩いて龍王の間へと向かう。

さっきまで漂っていた気まずい空気もようやく晴れて、それぞれがいつも通りの調子に戻っていた。

そこでネオンは昨日の龍水晶――龍族が特別な相手に贈るという宝石について思い出す。

小袋《こぶくろ》の中から宝石を取り出して、前を歩くリンドブルムに声をかけた。

「そういえばリンドブルム、ちょっと聞きたい事があるんだけどいいか」

「はい、何でしょうか」

「龍水晶って知ってるか？　虹色の神殿の近くで拾った宝石なんだけど」

「えっ……虹色の神殿で？」

ネオンの言葉を聞いてリンドブルムは足を止め、驚いた様子で振《ふ》り返った。

それから彼の手の平に載っている赤い宝石をまじまじと見つめる。

「ネオンさん……これは僕《ぼく》が贈った龍水晶？」

「これってリンドブルムが贈ったやつだったのか？」

まさかこの龍水晶の元の持ち主がリンドブルムだとは思わなかった。彼女の手を借りて贈り主を探すつもりだったが、その手間が省けた事にネオンは驚きつつも嬉《うれ》しく思う。

リンドブルムは赤い宝石に向かって手を伸《の》ばし、まるで自分の命よりも大事なものに触れているかのように金色の瞳を潤ませていた。

「僕が贈った龍水晶が残っていて、それがこうしてネオンさんの手元にあるなんて……」

「ユキの話だと黄龍族が特別な相手に贈るものらしいよな。偶然《ぐうぜん》だったけど虹色の神殿を訪れた時、瓦礫《がれき》の下に落ちてるのを見つけてさ。珍《めずら》しそうだから持って帰ってたんだよ」

「そうでしたか。これは僕が同盟を結んでいた国で出来た友人に贈ったものです。裏に文字が刻まれていますよね。アリフェオン王国の友へと捧ぐ、それも僕が書いたんです」

リンドブルムは懐かしむようにそう語ると、優しい眼差《まなざ》しで龍水晶を見つめる。

「僕ら黄龍族は武神を召喚《しょうかん》した帝国と戦う為に、アリフェオン王国という小さな国へ羽ばたきました。その国の方々と協力して帝国軍と戦おうとしていたんです」

「そのアリフェオン王国の文化が虹色の神殿の近くの村にも残っていてさ。昨日の夜に振る舞ってもらった料理とか、それにぶどう酒の味がそっくりでびっくりしたんだよ」

「僕ら黄龍族がリドガルドの街で再現している暮らしは、当時のアリフェオン王国そのままですからね。王国の人々はとても仲良くしてくれたんです、人と龍という種族の壁を越《こ》えて皆が家族のように接してくれました。だから彼らが生きていた証を残そうとリドガルドの街を作り上げました。人化の術を使い、人と同じように暮らす事で、彼らとの思い出を決して忘れぬよう、人と龍族の絆《きずな》が途切《とぎ》れる事のないようにと、そう願ったんです」

ネオンが龍水晶を手渡《てわた》すと、リンドブルムは懐かしむかのように両手で包み込んだ。

「そんな同盟国での暮らしの中で、僕には大切な人が出来ました。人との暮らしに不慣れだった僕の世話役を引き受け、ずっと傍《そば》にいてくれた人がいたんです。そんな彼に僕はこの龍水晶を贈りました、特別な想いを込めたこの宝石を。彼は受け取ってくれた後、涙《なみだ》を流しながら喜んでくれて……ずっと大事にすると約束してくれたんです」

大切な思い出が詰《つ》まった龍水晶が、今こうしてリンドブルムの手元に戻ってきた。

それを噛《か》み締《し》めるように、リンドブルムは大切そうに龍水晶を抱き寄せる。彼女の笑顔《えがお》は何処か寂《さび》しげで、それでも嬉しさが溢れているような、複雑な表情を浮かべていた。

きっとリンドブルムの想い人は、帝国との戦火に飲まれて命を落としたのだろう。

大切な人と過ごした幸せな思い出と、大切な人を失った悲しみが入り交じった複雑な感情が、その微笑《ほほえ》みからは感じられた。

「実は僕の喋《しゃべ》り方《かた》、その人の口調を真似《まね》たものなんです。絶対に忘れたくなくて、こうしているだけで彼を近くに感じられる気がして……本当はもっと堅苦《かたくる》しい喋り方をしていたのですが、彼みたいになりたくて少しずつ変えていきました」

「……素敵《すてき》な人だったんだな」

「はい、本当に素敵で優しい方でした。そしてそんな彼との大切な思い出をネオンさんが見つけてくれて、こうして僕に返してくれた。その事がすごく嬉しいんです。ありがとうございます、ネオンさん」

リンドブルムはそう言って頭を下げると、顔を上げて笑みを見せる。

けれどそこには少しだけ涙が滲《にじ》んでいて、その想い人がどれほど大切な存在だったのかを物語っていた。

この龍水晶はリンドブルムにとって、かけがえのない思い出の品だ。

だからこそ、こうして再び巡り会えた事に感謝しているのだろう。

そしてリンドブルムは思い出の龍水晶を胸に抱きながら告げるのだ。

「武神がこのまま復活すれば、僕のように悲しい思いをする人々が増えていくでしょう。

終末の災厄《さいやく》が世界を覆い、生きとし生ける全てのものが武神の脅威《きょうい》に晒されてしまいます。悲劇を繰り返さない為にも、何としてでも武神の悪《あ》しき企《たくら》みを阻止《そし》しなければなりません」

「でもまずは黒呪病の治療薬を作るところからだな。龍族は今も武神によって苦しめられているんだ。早く助けないと」

「そうですね。その為にも皆《みな》さんの協力が必要です。どうかよろしくお願いします」

リンドブルムは龍水晶を懐《ふところ》にしまうと再び歩き始める。

ネオン達も気持ちを切り替《か》えると、今後の動向について話し始めた。

「それで、リンドブルム。集める素材が何処《どこ》にあるのか目星はついたのか？」

「ええ、ハイドラが地図にまとめてくれました。素材確保の部隊編成も終わっていて準備は万全《ばんぜん》といったところです」

「そうか。それなら安心だ。少しでも早く浄化《じょうか》の秘薬を作れるように頑張《がんば》ろう」

「はい。ただ一つ問題があって……いえ、それはこの後の作戦会議で話します」

爽《さわ》やかな笑みを見せるリンドブルムだが、その表情には何処か影《かげ》が差していた。

何やら不安を感じさせるような言い方にネオン達の表情が曇《くも》っていく。一体どんな問題があるというのだろうか、それを確かめる為にも彼らは龍王の間へと向かっていった。

「早速《さっそく》始めましょうか、浄化の秘薬を作る為の作戦会議です」

リンドブルムに連れられて龍王の間に入ると、そこには多くの黄龍族が集結していた。豪華絢爛《ごうかけんらん》な室内の真ん中に円卓《えんたく》が置かれ、周りを取り囲むようにして人化した龍達《りゅうたち》が立っている。その中にはハイドラの姿もあって、今日も白衣姿に瓶底《びんぞこ》眼鏡の彼女はネオン達に向かってだぼだぼになった袖《そで》を振って出迎《でむか》えてくれた。

「やあー！　待っていたよー！」

大声を上げたハイドラはそのままネオン達の下《もと》に駆け寄り、明るい笑顔を振りまいた。

「どうだったたい、昨日は？　あたいの作った媚薬キャンドル、効果バツグンだったんじゃないかな？」

「び、媚薬キャンドル⁉」

その言葉にネオン達はびくっと反応した。

昨日の暴走の原因が部屋に置かれたアロマキャンドルだとようやく気付き、それと同時に自分達の痴態を思い出して恥ずかしさに悶え始める。

「なるほどな……おかしいと思った。お前の仕業《しわざ》だったのか……」

「私もセラも凄《すご》い事になってたものね。まあおかげで良い思い出が出来たけど」

「ユ、ユキちゃんも大胆になってましたよね。色っぽくてとっても可愛《かわい》かったですよ」

セラがそう言った直後、ハイドラは首を傾《かし》げる。

「あれっ、おっかしいなあ……？　あたいの作った媚薬アロマキャンドルは人間用に調整してあって、バハムート様には効かないはずなんだけど」

「「「えっ⁉」」」

ハイドラの言葉を聞いて全員が一斉《いっせい》に振り返る。

ユキは同時に明後日の方向を向いたが、それでも彼女の顔が真っ赤に染まっているのが分かった。何故《なぜ》なら耳は朱色《しゅいろ》を帯びていて、首筋までほんのりと紅潮しているからだ。

昨夜はお酒に加えて媚薬でおかしくなっていたからこそ、セラもルージュもあんな大胆な行動が出来ていた。しかし媚薬の影響《えいきょう》を受けていなかったはずのユキが、この中で誰《だれ》よりも一番大胆にネオンへ迫《せま》っていて……。

ネオン達の中で唯一《ゆいいつ》言い訳の出来ないユキは、恥ずかしさに耐《た》えられなくなったのか人化を解き、白い幼龍の姿に戻ると龍王の間の隅《すみ》っこで丸くなってぴいぴいと鳴き始めた。

「は、母君……小さくなってしまって。だ、大丈夫ですか？」

「ぴぃ……ぴぴぅ……」

「媚薬無しでも大胆に、かあ。そしたらバハムート様にも効く媚薬を使ったらどうなっちゃうのかな？　あたい、めっちゃ研究したい論文出したい！　研究の為にもバハムート様特別仕様の新しい媚薬を作ってあげるよっ、人間用よりもずっと強力なヤツをさ！」

「ぴいっ⁉」

ハイドラの一言でユキの鳴き声は悲鳴に変わる。神様相手でも容赦《ようしゃ》のないマッドサイエンティストを前にして、尻尾を丸めながらぶるぶると震《ふる》えていた。

「こら、ハイドラ。母君をいじめちゃだめですよ。それよりも今日は龍族にとって大切な話をするんですから、早く席についていてください」

「おっけおっけー。それじゃあ始めますかー」

リンドブルムに促《うなが》されてハイドラは元いた場所に戻り、ネオンは丸まっているユキを拾い上げて席についた。そして幼龍の姿になったユキの頭を優《やさ》しく撫でていく。

ネオンとしてはユキがあれだけ自分の事を想ってくれていたのが嬉しかったのだ。

昨夜の事は恥ずかしいが、それ以上に幸せな気持ちにもなれた。だからこそユキが安心出来るように優しく撫でて、もう大丈夫だからとそのまま膝《ひざ》の上で落ち着かせる。

ネオンの気持ちが伝わったのかユキも機嫌を良くしてくれて、すりすりと甘えた仕草を見せてくれた。

（本当に可愛いな、ユキは）

ネオンは心の中で呟《つぶや》いて、ユキの様子にほっこりしながら作戦会議へと意識を向ける。

リンドブルムは龍王の間に集まった全員の顔を見回した後、円卓の上に大きな地図を広げた。それはこの大陸全土が描《えが》かれた地図であり、ハイドラがまとめたという素材の在処《ありか》が記されている。

「セラさんの父君が残してくれた本によれば、神の力を再現する薬――浄化の秘薬の調合に必要な主な素材は太陽の花、七色の石、霊聖銀砂《れいせいぎんさ》、蒼天《そうてん》の神水、紅蓮《ぐれん》の雫《しずく》です。他にもいくつか素材はありますが、この五つに比べれば入手難易度は低いでしょう」

「リンドブルム様……どの素材の採取地も立ち入りの禁じられた危ない場所ですよね？　強力な魔獣《まじゅう》が住み着いているという……」

地図を指差しながら説明するリンドブルムにセラが質問を投げかける。

人にとっては近付くだけでも命の危険があると言われている程《ほど》の場所で、希少な素材を求めて立ち入った人々が数え切れない程に犠牲《ぎせい》となっている。

しかしリンドブルムは落ち着いた様子で説明を続けた。その表情からは焦燥《しょうそう》感や不安といった感情は一切《いっさい》感じられず、むしろ自信に満ちた笑みを浮かべている。

「大丈夫です、僕らは龍族ですから。人にとっては禁足地でも、龍族にとってはただの庭のようなもの。どのような魔獣が現れても問題はありませんよ」

その言葉にハイドラも頷《うなず》いて同意を示し、円卓につく龍族達を見回した。

「心配しなくて大丈夫だってセラちゃん。ここに集まってる黄龍族は過去の大戦でも活躍《かつやく》したバリバリの精鋭《せいえい》なわけ。国喰《くにぐ》らいとか破壊龍《はかいりゅう》とかって二つ名で呼ばれてるくらいにめちゃ強いんだよー？　いくら黒呪病を患《わずら》ってても、負ける要素なんて一つもないって」

「それに僕も素材の採取地に出向きます。龍王としての力を振るい、いかなる魔獣が相手でも退けてみせましょう」

力強い二人の言葉にネオン達は安堵《あんど》の息を漏《も》らす。最強の力を持った龍王であるリンドブルムがここまで言ってくれるのだ、必ず作戦は成功するという希望が湧《わ》いてきた。

ただその直後、リンドブルムの表情に悩《なや》ましい影が差す。彼女は地図のとある一点をじっと見据《みす》えて、そこに記された文字をなぞるように指先を動かしていた。

「……ただ、僕ら龍族《りゅうぞく》ではどうしても集められない素材があるのです。それが先程《さきほど》、ネオンさん達に言った問題でして」

「集められない素材？　何か都合の悪い事でもあるのか？」

「はい……その素材は蒼天の神水です。魔力《まりょく》を多量に蓄《たくわ》えていて、奇跡《きせき》の水とも呼ばれる特殊《とくしゅ》な性質を持っています。しかしその採取地が僕らにとって最悪なんです」

険しい顔でそう告げた直後、リンドブルムは静かに語り始めた。

「蒼天の神水が採取出来る場所は『神水の領域』と言います。そこは僕らの住んでいる極《ごっ》寒《かん》の地にあり、ここより遥《はる》か北の地——激しい吹雪《ふぶき》が常に吹《ふ》き荒《あ》れている霊峰《れいほう》の水脈でしか手に入らないんです」

「遥か北の地……？　そこってもしかして——」

ネオン達は覚えていた。黒呪病は遥か北の地から吹き荒《すさ》ぶ風に乗って運ばれて来たものであり、その地には黒呪病を撒《ま》き散らす恐るべき何かが存在する事を。

リンドブルムは静かに首を縦に振った。

「はい、黒呪病の元凶《げんきょう》は神水の領域を根城にしていると考えられます。情けない話ですが僕らはその地に近付けません……。僕らがこうして生き長らえているのは、巨大《きょだい》な結界で北の地から吹き荒ぶ呪《のろ》いの風を防いでいるからです。もし仮にその結界を越えて神水の領域に踏《ふ》み入れれば、龍族を呪い殺す瘴気《しょうき》に侵《おか》されてたちまち死に絶えてしまうでしょう」

つまり蒼天の神水を採取出来る『神水の領域』に龍族は近寄れない。

黒呪病の元凶が存在する限り、龍族だけでは浄化の秘薬を作る事は不可能なのだ。

「浄化の秘薬の素材も製法も分かったのに、肝心な所で手が届かないなんて……。そんなのあんまりじゃないですか……」

悔《くや》しげに呟いた後、セラは唇《くちびる》を強く噛み締める。

ようやく見つけたはずの希望の光、龍族を蝕《むしば》む呪いを解く方法。

それを掴み取る事が出来ない現実はあまりに残酷《ざんこく》だった。

しかし、その話を聞いていたネオンの瞳にはまだ確かな光が宿っている。

彼《かれ》は諦《あきら》めていなかった。必ず浄化の秘薬を完成させてみせると心に誓《ちか》っていたのだ。

ネオンは膝の上にいるユキの頭を優しく撫でた後、その小さな体を抱いて立ち上がる。

そしてここにいる全員に向けて力強く宣言した。

「なら俺達《おれたち》が神水の領域に向かう。蒼天の神水を入手して治療薬の素材を集めるだけじゃない。そこに龍族を苦しめる元凶がいるのなら、そいつを倒《たお》して全てを終わらせるんだ」

ネオンの言葉を聞いてリンドブルムとハイドラは驚《おどろ》きに声音《こわね》を染める。しかしルージュとセラの二人は納得《なっとく》したように微笑んでいた。

「ネオンならそう言うと思っていたわ。私達でその元凶ってのを懲《こ》らしめてやりましょ！」

「あたしも絶対に浄化の秘薬を完成させたいです……この地に来てあたし達を暖かく迎え入れてくれた黄龍族の皆様《みなさま》に恩返しがしたい、苦しんでいる龍族の皆様を助けたい！」

二人も覚悟《かくご》を決めた様子で立ち上がり、力強い眼差しでネオンを見つめる。

それぞれが武器を手に取って早速準備を始めた。

だが彼らの持つ最弱の武器——ひのきの棒、かしの杖《つえ》、石の斧《おの》を見てリンドブルムは不安げに瞳を揺らす。

「ま、待ってください。神水の領域の周辺にも強大な力を持つ魔獣が生息しています。それに恐《おそ》らくですが、黒呪病を撒き散らす元凶は武神が生み出した強大な魔獣のはず。あなた方が三大神に選ばれた事は母君から聞いています。ですがその武器では——」

リンドブルムが必死にネオン達を止めようとしたその時、彼女の言葉を遮《さえぎ》るようにして部屋中に眩《まばゆ》い輝《かがや》きが溢れ出した。

その輝きの正体は人化の術を使ったユキ。

さっきまでの白い幼龍の姿から美しく可憐《かれん》な少女へと姿を変えて、自信に満ちた笑みを浮かべていた。彼女は胸に手を当てながら凛《りん》とした声色《こわいろ》で語る。

「大丈夫、相手が武神の生み出した強大な魔獣でもネオン達は絶対に負けない。彼らには不屈《ふくつ》の意志がある。どんな強敵が立ち塞《ふさ》がっても、臆《おく》する事なく前へと進む勇気がある」

ユキはそう言って誇《ほこ》らしげに胸を張った。

彼女は知っている。ネオン達がここに辿《たど》り着くまで、どんな逆境でも乗り越えてきた事を、どんな困難でも打ち破る強さを持っている事を。

ユキの言葉を聞いたリンドブルムは唖然《あぜん》としていたが、やがてふっと表情を和《やわ》らげる。

「原初の龍バハムートとして世界を何度も救った母君が、全幅《ぜんぷく》の信頼《しんらい》を寄せる程の方々だ。僕が心配する必要はありませんでしたね。分かりました、僕も皆さんを信じます。他の素材は任せてください。絶対に集めて戻《もど》ってきます！」

リンドブルムはそう言って拳《こぶし》を握《にぎ》りしめる。するとハイドラがリンドブルムの隣に歩み寄り、彼女も同意するようにうんうんと首を縦に振った。

「あたいも信じてるよ！　黒呪病の元凶を倒して蒼天の神水を持って帰ってきてくれるって！　治療薬の調合はあたいに任せてね！」

ハイドラの明るい笑顔につられてネオン達も自然と口元を緩《ゆる》める。

そしてリンドブルムは席を立つとネオンの下に歩み寄った。

「一つだけお願いがあります。僕はあなた方の旅に同行出来ませんが、出来る限りの協力をしたい。だから僕の幻体《げんたい》を連れて行ってくれませんか？」

「リンドブルムの幻体？」

「はい、今からお見せします」

リンドブルムが伸ばした手に光が集まっていく。

眩い光はまるで生き物のように形を変えて、瞬《また》く間《ま》に龍の姿を象《かたど》っていく。

その光景を目《ま》の当たりにしてネオンは驚きの声を上げた。

リンドブルムの言う幻体とは、黄金に輝く美しい鱗《うろこ》を持つ小さな龍。

その姿は幼いながらもまさしく黄金の龍王リンドブルムそのものであり、彼女が作り出した幻の分身であった。

「これが僕の幻体です。魔力の塊《かたまり》なので呼吸する事もなく、黒呪病の影響も受けません。これを通じて僕といつでも会話する事が出来ます。神水の領域への道案内や、生息する魔獣の情報を共有したり、他にも様々な手助けが出来るでしょう。ただ戦闘《せんとう》能力は一切ないのでそこだけはご了承《りょうしょう》ください」

「戦うのは俺達《たち》に任せてくれ。分からない事があったら何でも聞くから、その時はよろしく頼《たの》むな、リンドブルム」

「はい、こちらこそ！」

こうしてリンドブルムの幻体を仲間に加えたネオン達。

彼らは新たな決意を胸に抱《いだ》いて、神水の領域へ向かう為に動き出すのだった。

第四章

リドガルドの街で旅に出る支度を済ませたネオン達。

見送りに来てくれた黄龍族は旅立つネオン達に激励《げきれい》の言葉を贈《おく》る。それだけでなく旅に必要な水と食糧《しょくりょう》、薪《まき》や回復薬などの物資を惜《お》しみなく提供してくれた。

黄龍族からの厚意《こうい》に感謝しながら、リンドブルムの幻体を連れてネオン達は街を発《た》つ。

分厚い防寒具を身に纏《まと》って準備は万端《ばんたん》、神水の領域への過酷《かこく》な旅が始まった。

まず目指すのは黄龍族の森を抜《ぬ》け、広い雪原を越えた更に先にある『氷結洞《ひょうけつどう》』と呼ばれる洞窟《どうくつ》。そこを境に黄龍族の結界が張られており、洞窟を抜けた先は龍族を呪い殺す汚《けが》れた風が吹き荒ぶ死の領域だ。

それを教えてくれるのはリンドブルムの幻体。

彼女《かのじょ》の声は魔力によって作られた黄金の幼龍から聞こえてくる。

遠く離《はな》れた場所でも幻体を通じて意思疎通《そつう》が可能であり、この方法なら浄化の秘薬の素材を集める為に大陸各地を飛び回っているリンドブルムと情報を共有する事が出来た。

彼女の話によれば北の地の奥《おく》へ進めば進む程、そこに生息する魔獣も力を増していくらしい。そして何より気を付けなければならないのは『白き悪魔《あくま》』の存在だという。

「白き悪魔、とは北の地に生息している巨大な魔獣です。龍族のように長い寿命《じゅみょう》を持ち、この極寒の地で膨大《ぼうだい》な魔力を集めた存在として知られています。縄張りにさえ入らなければ襲ってくる事はありませんが、もし見つかれば容赦なく攻撃《こうげき》してくる凶暴《きょうぼう》さを持ち合わせている。それに終末の災厄が始まってから、結界の向こう側では見た事のないような魔獣が数多く確認《かくにん》されていると聞きました。とにかく皆さん、気をつけてくださいね」

リンドブルムの警告を聞きながらネオン達は頷き合う。

これから向かう場所がどれほど危険な地なのか、その事は理解しているつもりだ。

それでも足を止めるわけにはいかないとネオンは前を見据えた。

「大丈夫《だいじょうぶ》だ。この先にどんな魔獣が待ち受けていようと、こいつでぶっ倒してやるさ」

そう言ってネオンは鞄《かばん》の中に携《たずさ》えたひのきの棒へ手を伸ばす。今までの長い旅路の中で、彼は幾度《いくど》となく強大な敵をこのひのきの棒で打ち破ってきた。

今回もまたその力で道を切り拓《ひら》いてみせる。

その誓いを胸に秘《ひ》めながらネオンは白い息を吐《は》いた。既《すで》に温暖な気候に恵《めぐ》まれた黄龍族の森を抜け、白い雪の降り積もる雪原地帯を歩いている。

先頭を歩くのはネオン。その後ろにはユキとセラとルージュが続き、幼い龍の姿をしたリンドブルムの幻体はユキの胸の中に抱《かか》えられていた。

「それにしても面白《おもしろ》いわね。今のリンドブルムってば姿形はちび龍の時のユキとそっくりなのに、ちゃんと人の言葉を喋るんだもの」

「ほんとですね。幼龍の姿のユキちゃんはぴーっていつも鳴いてますけど、リンドブルム様は普通《ふつう》に人語を解《かい》しています」

「リンも小さい頃《ころ》はぴいって鳴いてた。こうやって抱っこしているとリンが赤ちゃんの時を思い出す」

「ひゃっ……⁉　は、母君。顎《あご》の下を触《さわ》らないでください……！　幻体とは言え五感も共有してるんですから。あっ、セラさんとルージュさんまで⁉　くすぐったいですよ！」

龍王であるはずのリンドブルムはユキから猫のように撫でられており、セラとルージュもちょっかいをかけていた。可愛い尻尾を掴《つか》んでみたり、ぱたぱたと羽ばたく翼《つばさ》を弄《いじ》ったり、小さな手足を持ち上げたりして遊んでいる。

リンドブルムは困ったように言っているが嫌《いや》そうな素振《そぶ》りは見せておらず、むしろ心地良さそうに目を細めていた。

そんな微笑ましい光景を目にしながらネオンは頬《ほお》を緩ませる。

そうして和《なご》やかな雰囲気のまま、一行が氷結洞を目指して歩いていると――リンドブルムの耳がぴくりと動いた。

「――何か来ます。それも凄い速度で空の向こうから」

「えっ、本当ですか？　空にはおっきな雲しか浮《う》いていませんよ、リンドブルム様？」

セラは不思議そうに首を傾げている。ネオンもその視線の先を目で追うが、確かにセラの言う通り大きな白い雲が浮かんでいるだけでそれ以外には何も見当たらない。

しかしリンドブルムは警戒《けいかい》するように鋭《するど》い眼差しを向けて、ユキの腕《うで》の中から飛び出して小さな翼をはためかせた。

「やっぱり何かが近付いてきます。この感じ……まさか天鯨《てんげい》？」

ネオン達はその聞き覚えのない名前に首を傾げる。

一体それは何なのか、リンドブルムに問いかけようとしたその時。

彼らの周囲が突如《とつじょ》として暗くなった。さっきまで遠くに浮かんでいたはずの巨大な雲がネオン達の頭上を覆《おお》い、太陽の光を遮られた事で辺り一面が薄暗《うすぐら》く染まっていく。

そして頭上を漂《ただよ》うそれを間近に見て、ネオンはようやく気付くのだ。

空に浮かんでいた白い影は巨大な雲ではなかった。

それは大空を舞う魚のような姿をした巨大な魔獣。

全身を覆う分厚い真っ白な鱗、そして鋭い牙《きば》が並ぶ口元からは冷気が漏れ出す。

尾《お》ひれを揺《ゆ》らしながら悠然《ゆうぜん》と空を飛び、ぎょろりとした目でネオン達を捉《とら》え、辺りに怒《いか》り狂《くる》ったかのような鳴き声を轟《とどろ》かせた。

びりびりと大気が震え、その激しさにネオン達は思わず身を強張《こわば》らせる。

「あれがリンドブルムの言っている天鯨なのか？」

「はい、間違《まちが》いないです。極寒の地に古来より住んでいる魔獣、先程僕《さきほどぼく》が『白き悪魔』と呼んだ存在です……でもおかしいです。天鯨は北の地の縄張りから出てくる事は殆《ほとん》どないはず。それなのにどうして……？」

リンドブルムは小さな体を震わせながら、頭上に浮かぶ巨大な天鯨の姿を見つめる。

天鯨は上空を旋回《せんかい》するとネオン達に狙《ねら》いを定め、再び鋭い牙を剥《む》き出しにしていた。

「僕らが白き悪魔と呼ぶように、天鯨は非常に危険な魔獣……あの怒り狂う天鯨を野放しにしていたら、リドガルドの街にまで被害《ひがい》が及《およ》ぶ可能性もあります！　ここはまだ結界の中。街に残っている龍族の皆さんに増援《ぞうえん》を頼むので、ひとまず退却《たいきゃく》を――」

「なるほどな。街に被害が及ぶ前に、ここでぶっ倒す必要があるわけだ」

震えるリンドブルムの言葉を聞いて、ネオン達はそれぞれの武器に手を伸ばした。

ひのきの棒、かしの杖、石の斧。ネオン達は最弱の武器を握り締める。

「ま、待ってください！　本当にその武器で戦うつもりですか⁉」

「ああ。病で苦しんでる黄龍族《こうりゅうぞく》に無理はさせられない、ここで俺達が倒しておかないと」

「あの、本当に待ってください！　天鯨はあの見た目以上に強大な力を持つ魔獣、龍族のように長い寿命を持ち、この極寒の地で膨大な魔力を集めた存在です！　あれと戦うならば黄龍族総出で戦わないと勝ち目はありませんよ！」

「へえ、龍族が力を合わせて戦わないと勝てない魔獣か。そりゃ確かに手強《てごわ》そうだな」

「だめですってば！　いいから逃《に》げてください、お願いだから‼」

必死に説得を試みるリンドブルムを横目に、ネオンはユキへと視線を向けた。

彼の瞳《ひとみ》には既に覚悟の色が宿っている。

それを見てユキは満足げに笑《え》みを浮かべた後、こくりと小さく首を縦に振った。

「リン、大丈夫。天鯨との戦いはあなたにみんなの実力を知ってもらう良い機会」

「母君……それはつまり最弱の武器で戦うネオンさん達が、黄龍族全体の力に匹敵《ひってき》していると言うのですか？」

「それは違《ちが》う。みんなはもっともっと強いの、それを証明する。わたしが保証する」

力強く断言したユキにリンドブルムは目を丸くした
リンドブルムにとってネオン達は三大神に選ばれたと言っても人間だ。

人間は龍族と比べて膂力《りょりょく》も魔力も遥かに劣《おと》る存在。

武神がもたらした異界の武器の持ち主なら龍王に匹敵する程の力を秘めているかもしれないが、その手に握られているのは目に余る程の貧弱《ひんじゃく》な武器。

いくら会議の場で『信じている』とは言ったとしても今回は相手が悪すぎる。

最弱の武器を持つ彼らに天鯨を凌《しの》ぐ力が秘められているなど到底《とうてい》思えるはずがなかった。

天鯨は数十年ほど前にも黄龍族の住む地に現れた事がある。

あの時は遥か北の大地を襲《おそ》った異常気象により住処《すみか》を追われたのだ。

そして天鯨はその圧倒的《あっとうてき》な巨体《きょたい》で暴れまわり甚大《じんだい》な被害を及ぼした。

リンドブルムが仲間の龍族達と力を合わせて、三日三晩戦い続けた事でようやく討伐《とうばつ》出来た程の魔獣。それから『白き悪魔』と呼ばれるようになり、強大な力を持つ龍族からも恐れられる存在となった。

しかも今回はその時より遥かに状況《じょうきょう》は悪かった。

あの天鯨は以前に戦ったものよりずっと巨大で、そして何より怒り狂っている。

そんな相手にどうするつもりなのか――そう疑問を抱くリンドブルムだったが、今目の前にいる彼らはその恐ろしい魔獣を相手に、最弱の武器で立ち向かおうとしている。

無謀《むぼう》という言葉すら生温《なまぬる》く感じる程のものにさえ思えた。

これが蛮勇《ばんゆう》ではなく確固たる勝算によるものだとしたら、リンドブルムが抱いていたイメージなど容易《たやす》く吹き飛んでしまう程に彼らの強さは常軌《じょうき》を逸脱《いつだつ》している事になる。

彼女が唖然としている間に、ネオン達は既に臨戦態勢に入っていた。

「空飛ぶ鯨、あのまま俺達の所に真《ま》っ直《す》ぐ飛び込んでくるみたいだな。セラ、いつものやつで動きを止められるか？」

「はい！　動きは直線的で読みやすいです、任せてください！」

「じゃあ私はセラの魔法《まほう》に合わせて突《つ》っ込むわ。隙《すき》を作ってネオンに繋《つな》げてみせるから！」

「分かった。最後は俺《おれ》が一気に仕留める、みんなであの鯨《くじら》をぶっ倒そう」

ネオン達は短い会話の後、それぞれ自分の役割を確認し合った。作戦と呼べるような大層なものでもないが、各々《おのおの》が自身の役割を果たす事こそが勝利への近道になる。

彼らは最弱の武器をその手に、迫り来る脅威《きょうい》に対して身構えた。

そして遂《つい》に天鯨の巨体がネオン達を射程に収める。

天鯨は空中で勢いを更《さら》に強め、大きく口を開き鋭い牙を剥き出しにした。

そのまま勢いよく地上に向かって降下し、ネオン達を食い殺さんと襲いかかる。その光景を目の当たりにしてもなお、ネオン達はその場を動かず天鯨を迎《むか》え撃《う》つ体勢に入った。

天鯨が地上に到達《とうたつ》する直前、その僅《わず》かな時間にセラが動いた。

かしの杖に込められた魔力は輝きを放ち、それは詠唱《えいしょう》を介して顕現《けんげん》する。

「光壁《プロテクション》！」

杖の先から放たれたのは巨大な光の壁だった。

それは迫り来る天鯨の体を押《お》し留《とど》めると共に、激しい衝突音《しょうとつおん》を周囲に轟かせる。

セラの放った光の障壁《しょうへき》は天鯨の突進《とっしん》を受け止め、その身動きを完全に封《ふう》じ込めていた。

その数秒間を見逃《みのが》さず次にルージュが駆《か》け出す。

「こっちよ、デカ鯨！　私が相手になるんだから！」

ルージュは走りながら両手に持つ石の斧に闘気を込め、天鯨の懐へと潜《もぐ》り込み跳躍《ちょうやく》した。

空を覆う程の巨大な腹部に向けて叩《たた》き込まれた一撃《いちげき》は、分厚い鱗を貫《つらぬ》いて肉を裂《さ》き鮮血《せんけつ》を周囲に撒き散らす。だがそれでも天鯨の動きを止めるには至らない、あの巨体に致命傷《ちめいしょう》を与《あた》えるには程遠《ほどとお》かった。

天鯨は悲鳴のような鳴き声を上げて全身を大きく震わせた。

自身に傷を負わせた存在と、自らの攻撃を防ぐ忌々《いまいま》しい存在への怒り。

セラとルージュを燃えるような眼差しで捉え、天鯨は激しく暴れ回った後、山を飲み込む程の巨大な口で二人に襲いかかる。その意識は完全に二人に向けられていた。

そして隙だらけになった天鯨に対してネオンが動いた。

「よし、行くぞ！」

ネオンはひのきの棒を握り締め、地面を強く蹴《け》り、天鯨目掛《めが》けて跳《と》び上がる。

空を飛ぶ天鯨より更に高く跳躍し、彼は天鯨の頭蓋《ずがい》をその目で捉えた。

そして渾身《こんしん》の力を込めて振り下ろされたひのきの棒、彼の全力の一撃が放たれる。


――ドン。


凄《すさ》まじい衝撃《しょうげき》が白銀の世界に轟いた。

それは大地を揺らし、空さえも震わせて、大気が割れんばかりの強烈《きょうれつ》な音を響《ひび》かせる。

渾身の力と共に叩き込まれたひのきの棒、それがもたらす破壊力《はかいりょく》は空に浮かぶ天鯨の巨体を地面に沈《しず》め、一撃で魔獣を絶命させる程のもの。直撃《ちょくげき》を受けた天鯨の頭部は肉片《にくへん》となって弾《はじ》け飛んでおり、辺りにはその残骸《ざんがい》が舞い散った。

その光景にリンドブルムは思わず息を呑む。

黄龍族の民が力を合わせてようやく退ける事が出来た魔獣。

それを最弱の武器で葬《ほうむ》り去る、その非現実的な光景に言葉を失った。

「これが人間の、しかもたった三人の力？　天鯨討伐《とうばつ》という偉業《いぎょう》を、あの武器で？」

目の前で起きた出来事を疑うように、何度も何度もまばたきを繰《く》り返した。

だがそこには確かに、最弱の武器で強大な魔獣を打ち倒してみせた彼らの姿があった。

その光景を前に呆然《ぼうぜん》と立ち尽《つ》くすリンドブルムの傍にユキが歩み寄る。

「リン、分かってくれた？　ネオン達の勇気と強さがどんなものなのか」

「はい……確かに僕《ぼく》も認識《にんしき》を改めなければならないようです。人間にもこのような方々がいるのですね。圧倒的な脅威を前に臆する事なく立ち向かう、そんな者達が」

彼らと協力すれば龍族を黒呪病《こくじゅびょう》の脅威から救い出すのは不可能ではない。

リンドブルムは確信を抱きながら、戦いを終えたネオン達の下に向かった。

「天鯨《てんげい》の討伐、お見事でした。この亡骸《なきがら》の処分は街の黄龍族にお願いしようと思います」

「ああ、頼むよ。これだけデカいのを放置しておくわけにもいかないからな」

「黄龍族の皆も喜んでくれるでしょう。天鯨の肉は滋養強壮《じようきょうそう》に優《すぐ》れ、魔力を多量に含《ふく》んでいます。僕ら黄龍族は人化の術により常に魔力を消費する身、この天鯨の肉は街の民にとって恵みとなるものです」

「え、この魔獣の肉って食べれるのか？」

「人間の国に出回る事は決してないのでご存じないでしょうが、龍族にとってはまさしく御馳走《ごちそう》ですよ。天鯨の肉は非常に美味として龍族には有名です。僕も数十年ほど前に一度だけ食べた事があるのですが、その時の事を今も鮮明《せんめい》に覚えています。肉をステーキにしたり、内臓を煮込《にこ》んでスープに、皮は油で揚《あ》げて塩を振《ふ》れば最高に美味《おい》しかったですね」

天鯨の巨体を見つめながら、リンドブルムの幻体はそう答えた。

その瞳は獲物《えもの》を狙う肉食動物のように鋭く輝いている。

どうやら彼女にとって天鯨の肉はかなり魅力的《みりょくてき》に見えるようだ。

「黒呪病の原因を取り除いて、浄化の秘薬が完成したら、そのお祝いにみんなで食べるのも良いかもな」

「僕も賛成です、ネオンさん。最高の酒宴《しゅえん》が出来そうですね。楽しみだなあ」

「わたしも賛成。天鯨の肉はわたしも何度か食べたことがある、リンの言うようにすごく美味しかった。溢《あふ》れる肉汁《にくじゅう》、噛めば口の中でとろけて、そして濃厚《のうこう》で芳《こう》ばしい香り——思い出すだけでお腹《なか》が空《す》く……じゅるり」

天鯨の肉料理を想像して恍惚《こうこつ》とした表情を浮かべるユキ。その隣《となり》でリンドブルムも我慢《がまん》出来ない様子で尻尾《しっぽ》を揺らしていて、やっぱり親子だなとネオンは改めて思った。

「ネオン様、無事に脅威はやっつけました。そろそろ行きましょう、先は長いですから！」

「お肉も楽しみだけど、まずは黒呪病を治さないとね！」

「ああ、そうだな。まだ先は長い、気を引き締《し》めていかないとな」

セラとルージュの二人に促され、ネオンは仲間達と共にその場を後にする。

そして神水の領域を目指し、再び歩を進めるのだった。

※

ネオン達が辿り着いた氷結洞は、自然の生み出した芸術とも呼べる美しい空間であった。氷だけで出来た山に大きな穴が空き、その内部は空洞《くうどう》となり山の向こう側に続いている。中に踏み入れば地面も壁も天井《てんじょう》も、全てが氷の塊で出来ており、その光景はまさに圧巻と言う他なかった。空から降り注ぐ太陽の光が洞窟の内部に反射し、まるで洞窟そのものが水晶《すいしょう》のような幻想的《げんそうてき》な煌《きら》めきを放つ。

その光景に胸を躍《おど》らせながらネオン達は奥へ奥へと進んで行った。

「凄い場所だな。こんな分厚い氷で包まれてるのに、太陽の光が洞窟の中まで届くなんて」

「お父様の本によれば、氷結洞にも純度は低いですが『蒼天の神水』が流れ込んできているそうです。それが作用して極《きわ》めて透明度《とうめいど》の高い氷を生み出すんだとか。とっても綺麗《きれい》ですね。神秘的で不思議な空間です」

「この光景を目にすると、私達の住んでいた世界がどれだけ狭《せま》かったか理解出来るわね。

本当に凄い所だわ」

セラは目を輝かせながら、ルージュは感嘆《かんたん》の声を上げて洞窟の中を見回している。

一方でリンドブルムは警戒の眼差《まなざ》しを周囲に向けていた。

「ここは自然が生み出した迷路《めいろ》です。決して僕から離れないようにしてください。氷結洞は迷えば二度と出られない場所と言われていますから」

「セラ、はぐれないよう気を付けるのよ？　迷子になったら大変なんだから」

「子供扱《あつか》いしないでください、ルージュさん。あたしだってもう十五歳《さい》なんですからね」

「ふふん、どうだかね。あなたって結構おっちょこちょいだもの。たまに何もないところで転んだりするじゃない」

「そ、その事は忘れてください！　あれはたまたま足が滑《すべ》っただけです！」

「はいはい、おっちょこちょいのセラちゃん。お姉さん達から離れないようしっかり付いてくるのよ？」

「むう～っ、ルージュさんがいじわるします！」

セラはぷくりと頬を膨《ふく》らませると、防寒具の下から分厚い本を取り出した。

「迷子にはなりません！　お父様の本で氷結洞について予習してきたんですから！」

ぺらぺらとページを捲《めく》ってそれをルージュへと見せるセラ。

そのページには氷結洞についての詳細《しょうさい》が書かれているようで、ルージュは興味深そうに文字を目で追っていた。

「へえ。さっきも説明してくれていたけど、セラのお父さんってこの辺りにも来た事があったのね。すごいじゃない、びっしり書いてあるわ。浄化《じょうか》の秘薬についても詳《くわ》しく書いてあったけど、未開の地を訪《おとず》れては様々な知識を本に書き記していたなんて驚きよ」

「えへへ、お父様は凄《すご》いんです。どんな場所にでも足を運んで、そこで得た知識や経験を元に新たな発見をしていました。そんなお父様がこの本を残してくれたから、あたしもこうして色々な事が学べているんです」

誇らしく語るセラを見てルージュは微笑《ほほえ》ましそうな表情を浮かべる。

そんな二人の会話にリンドブルムも興味を持ったようで、ユキの胸の中から飛び出すと二人に近付いていった。

「あの、僕も読ませてもらってもいいですか？　セラさんからその本をお借りした時、ハイドラばかり読んでいて僕は殆ど目を通してなくて……」

「いいですよ、リンドブルム様！　どうぞ！」

セラは読みやすいように本を少し高く持ち上げる。リンドブルムはぱたぱたと小さな翼で羽ばたきながら、そのページに視線を下ろしてその内容を読み始めた。

「僕ら龍族でさえ知らない氷結洞の情報が書いてありますね。なるほど。これは凄い」

「はい。氷結洞の向こう側には土の大地はなく、広大な氷の大地が広がっている特殊な環《かん》境《きょう》だそうです。ここより遥か地下にも複雑な通路が巡《めぐ》らされているそうですね。そして神水の領域の周辺には巨大なクレバスがあって、そのどれもが氷結洞に繋がっていると」

「へえ……神水の領域から漏れ出した水が氷結洞を生み出した事は知っていましたが、この先の周辺一帯がそもそも一つの巨大な氷の塊から出来ているわけですか」

「お父様によれば神水の領域の地下には大空洞が形成されているらしいです。その空洞の中はこの極寒の地の中でも最も美しい氷の世界なんだとか」

「ここまで詳細に書かれているとは、セラさんの父君はとても偉《い》大《だい》な方です。あらゆる全てを知り尽くしたとされる賢王《けんおう》と比肩《ひけん》する程……いえそれ以上の存在にさえ思えます」

「えへへ……お父様が賢王より凄いだなんて、そんな」

父親を褒《ほ》められて嬉《うれ》しいのか、セラは照れ臭《くさ》そうな笑みを浮かべた。

それから本をぺらぺらと捲り、浄化の秘薬の詳細が載《の》っているページを開く。

「お父様が作り上げた浄化の秘薬。びっくりですよね、こんな希少な素材を揃《そろ》えて調合しないと作れないなんて」

幻《まぼろし》の霊草《れいそう》とされる太陽の花や、極めて入手困難な鉱石として知られる七色の石、いずれも並大抵《なみたいてい》の手段では手に入らない代物《しろもの》ばかりである。それらを惜しみなく使ってようやく完成するというのだから、いかにその薬が凄まじい効能を持っているかよく分かるだろう。

「それは当然ですよ、セラさん。浄化の秘薬とは神獣《しんじゅう》アセナの力を再現したもの。神の力を再現するにはそれだけの素材が必要になります。神の力とはつまり奇跡を起こす力。神ならざる者がその奇跡を再現しようとするようなものなのですから」

「神ならざる者が神の奇跡を再現する。それってまるで『神格《しんかく》魔法』みたいなお話ですね」

セラは再びページを捲り、父の書き残した魔法の項目《こうもく》を確認する。

この世界には多くの魔法が存在する。その強弱によって分類され下級、中級、上級、最上級、賢王級《けんおうきゅう》と分けられており、その頂点に存在するのが『神格魔法』だった。

世界に干渉《かんしょう》し、改変し、望むままに事象を引き起こすその力はまさに神の奇跡。

その奇跡の再現こそが神格魔法。

だが歴史に名を残した偉大なる魔法使い『賢王』ですらその領域には到達出来ず、人の身で使いこなせる魔法の限界として『賢王級魔法』を編み出した。故に神格魔法とは神のみが扱う事を許された究極の魔法として認知《にんち》されている。

ユキは本をじっと見つめるセラの隣に立ち、やがて静かに語り始める。

「賢王級魔法とは属性変換《へんかん》の極致。属性変換を極め、魔力に還元《かんげん》し、己《おの》が内に眠《ねむ》る力を発現させるもの。神杖《しんじょう》の英雄《えいゆう》シャルテイシアの魔法をセラは覚えている？」

「はい、ユキちゃん。覚えています。シャルテイシア様は神杖ヴァナルガンドを介して、超攻撃的《ちょうこうげきてき》な威力《いりょく》で属性魔法を使いこなしていましたよね」

「そう。彼女は武神の祝福と神杖ヴァナルガンドの力で全ての属性魔法を極めていた。けれど神杖の英雄ですら神格魔法の領域には達していない。それ程までに神格魔法は扱いが難しいものだから」

「神杖の英雄や賢王ですら使えなかった神格魔法……。でもユキちゃんは三大神だから神格魔法と同じものを使えるんですよね？」

「使える。賢王級魔法が属性変換の極致なら、神の力――神格魔法とは属性変換をせずに、ただ純粋《じゅんすい》に魔力そのもので現象を具現化する魔法の極致」

「えっ……では神格魔法とは無属性魔法の事を言うのですか？」

「うん。無属性魔法を極めた先に魔法の頂点、神格魔法がある。そして神以外に無属性魔法を極め、神格魔法に辿り着いた者は存在していなかった。でもセラの父親は浄化の秘薬を通じて、人の身では決して扱えないその技術を見事に実現させたの。これはまさしく偉業と呼ぶに相応《ふさわ》しいと思う。本当に凄い事」

「お父様が……そんな事を……」

セラは感慨深《かんがいぶか》そうに父が書いた文字を見下ろした。

彼女が最も得意とするのは無属性魔法、光壁《プロテクション》。

最弱の防御魔法《ぼうぎょまほう》であるが、セラはその魔法を使いこなして今まで何度も活躍《かつやく》してきた。

だが無属性魔法は本来扱いが難しく防御魔法にしか使われない。

詠唱して放たれた無属性魔法はすぐに力を失って消えてしまい、とても攻撃手段として使えるものではないからだ。

実際セラが所属していた魔法兵団の魔法使いの誰《だれ》もが、属性変換を経ない魔法は防御以外に使い道はないと口を揃えて言っていた。

だがセラの父はこの本を通じて、無属性魔法の可能性——神の奇跡の再現を示した。

神ならざる者が、神の奇跡を起こす。

その為《ため》に必要な知識をそこに記し、それを娘《むすめ》である自分に託《たく》してくれたのだ。

胸が熱くなる。言葉にならない感情が込み上げてきた。

澄《す》んだ青い瞳を星のように輝かせ、セラは父から受け継《つ》いだ本をぎゅっと抱きしめる。

そうして希望に満ち溢れるセラの横顔を見て、ネオン達はくすりと笑った。

「セラの魔法に俺達は何度も助けられてる。そんなセラの魔法には多くの可能性が秘められてるんだ、こんなに嬉しい事はないよ」

「これからのセラの成長が楽しみね。私達の知らない新しい魔法を生み出してくれるかもしれないわ。頑張《がんば》るのよ、応援《おうえん》してるから！」

「わたしも信じる。セラならいつか神の奇跡《きせき》を起こす程《ほど》の立派な魔法使いになるって」

「えへへ……ありがとうございます。あたしもっと頑張ります。お父様の本をもっと読んで、いっぱい勉強して、神格魔法を使いこなすような凄い魔法使いになってみせます」

セラは笑顔《えがお》を浮かべて決意を新たにすると改めて本を眺《なが》めた。

父が残してくれた本があれば自分はきっと何処《どこ》までも成長出来る。

そんな期待を抱きながら、セラは嬉しそうな表情で本のページを捲っていった。

明るい笑顔を振りまくセラの様子にネオン達が頬を緩ませる一方。リンドブルムだけは何かを考え込んでおり、何処か上の空な様子でいる事にネオンは気付いた。

「どうした、リンドブルム？　何か考え事でもあるのか？」

「あ、ネオンさん。ちょっと考え事をしていたんです。さっきの天鯨の事なのですが」

先程の天鯨との戦いを思い出しているのか、リンドブルムは複雑そうな顔で呟《つぶや》いた。

「天鯨はこの極寒《ごっかん》の地に古来より住んでいる魔獣《まじゅう》です。さっきも説明しましたけど縄張り意識が非常に強くて、滅多《めった》に外に出てくるような事はしません。そんな魔獣がどうして今回に限って姿を現したのか、少し不思議に思ってしまって」

「確かに……俺《おれ》も疑問に思っていたんだ。それに何か怒《おこ》ってたよな、あの魔獣」

「あの時、ネオンさん達《たち》に対して威嚇《いかく》するように鳴いていました。僕や母君には目もくれず。それはつまりネオンさん達を敵と認識して襲いかかっていたという事なんです」

「え、まさか。だって俺達は何もしてないぞ？　襲ってきたから反撃《はんげき》したんであって」

「でもあなた達に敵意を持っていたのは間違いないはずです。母君、どう思いますか？」

ユキは唇《くちびる》に指を当ててしばらく思案していたが、やがて静かに口を開いた。

「そもそも天鯨が人を見るのは初めてだったと思う。あの魔獣は対象を魔力《まりよく》で視認《しにん》していて、人化していたとしてもわたし達を龍《りゆう》だと認識出来る。一方でネオン達は天鯨にとって初めて見る魔力の持ち主だったはず。初見で急に敵だと判断して襲いかかるのは少し変。餌《えさ》として認識しているようにも見えなかった」

「うーん……謎《なぞ》ですね。縄張りを離れている理由もはっきりしませんし、天鯨が縄張りを追われて、龍族の領域に下りてくるなんて普通じゃないですから」

「わたし達の想像を超《こ》えるような何かが北の地で起こっている。それを確かめる為にも先を急がないと」

そう言ってユキは氷結洞の奥を見据《みす》える。長い時間歩き続けていた事で、既に向こう側へと続く出口から光が差し込むのが見えていた。

その光景を前にしてリンドブルムは真剣《しんけん》な眼差しで呟く。

「この出口を境にして僕ら龍族の結界が張られています。僕らも知らない未知の脅威が潜《ひそ》んでいる可能性が高い。ネオンさん、セラさん、ルージュさん。母君をよろしくお願いします。母君は禁断の地に眠る知恵《ちえ》の樹《き》に、原初の龍バハムートとしての力を全て預けている。襲い来る魔獣の前で今の母君は無力です。守ってあげてください」

「もちろんだ。どんな魔獣が現れてもユキに指一本触《ふ》れさせやしない」

「はい！　お任せください！　あたしの魔法で絶対にユキちゃんを守ってみせます！」

「私もよ、何が来たって全部蹴散《けち》らしてやるんだから！」

仲間達の言葉にユキは嬉しそうに微笑みを浮かべ、リンドブルムも彼《かれ》らの心強い言葉に安心したように表情を和らげる。

そして氷結洞の外へと足を踏《ふ》み出した、その直後だった。

ネオン達は目の前に広がる光景に言葉を失う。

「な、なんだこれは……」

白銀の世界が真っ赤に染まり、風だけが吹《ふ》き抜けていく。

辺り一面が血の海と化し、氷の大地が鮮血に濡《ぬ》れていた。

そこには数え切れない程の天鯨の亡骸が転がっており、そのどれもが原形を留めていない程に切り裂かれている。

その想像を絶する光景にユキの声は震《ふる》えていた。

「あの天鯨が……大量に死んでいる？　これはどういう事？」

「縄張りを追われた天鯨が大移動をして……何者かに襲われた？　僕らの前に現れた天鯨はその中で唯一《ゆいいつ》逃げ果《おお》せた個体だったのでしょうか？」

「その可能性は高い。でも天鯨の群れを一方的に蹂躙《じゅうりん》出来る程の存在……凄まじい強さ」

ユキとリンドブルムは動揺《どうよう》を隠《かく》せない様子で、セラとルージュも驚《おどろ》いたまま眼前の光景を眺めている。だがその中でただ一人、冷静さを保っていたネオンが口を開いた。

「流れ出る血は凍《こお》っていない……か。これだけの寒さなら血液が凍結《とうけつ》してもおかしくないはずだ。それが液体のままって事は天鯨の群れが死んだのはついさっきなんじゃないか？」

「つ、つまりネオン様。龍族も恐《おそ》れる天鯨の群れを一瞬《いっしゅん》にして斬《き》り刻める何かが、この近くにいるかもしれないって事ですか？」

「うわ……それやばくない？　あのデカ鯨《くじら》を簡単に倒《たお》せるって、ネオンくらい強くなきゃ不可能よ。そんなやばいのが近くにいるの？」

セラとルージュの顔色が一気に青ざめていく。

ネオンは周囲を見渡《みわた》した。よく見てみれば天鯨だけではない。

別の魔獣の亡骸が地面に転がっている事に気付くのだ。

それは極寒の地へ辿《たど》り着いた直後に、ネオン達へ襲いかかってきた氷像の魔獣。

その氷の欠片《かけら》が地面に散らばっており、周囲には鋭い何かで地面を斬り裂いたような跡《あと》がいくつも残っていた。

「氷像の魔獣、この辺りにもいたのか。天鯨みたいにやられてるみたいだな」

「これは終末の魔獣の残骸です。ネオンさんもご存じだったんですね。黒呪病を生み出す何かが蒼天《そうてん》の神水を利用して氷像の軍団を生み出し、それを利用して龍族を何度も襲撃《しゅうげき》していたんです。汚れた魔力によって神水の力は失われて、今の僕らにとってはただひたすら厄介《やっかい》なものに成り果ててしまっています」

「確かに無機物で変な感じはあったが。氷で出来た操《あやつ》り人形《にんぎょう》だったのか、あれ」

地面に散らばる氷の破片《はへん》を尻尾で器用に拾い上げるリンドブルム。

その破片にもまるで鋭利《えいり》な刃物で切断されたような痕跡《こんせき》が残されており、天鯨と同じようにして殺されているのは一目瞭然《いちもくりょうぜん》だった。

「天鯨の群れを葬ったのは武神のもたらす終末の魔獣だと考えたのですが、この見境ない殺し方だと恐らく違うのでしょう。氷像の軍勢を手にかける必要はありませんからね」

リンドブルムはそう呟きながら、尻尾に巻き付けた氷の破片を見つめる。

それをユキも覗《のぞ》き込み、考え込むように唇へと手を当てた。

「天鯨を蹂躙し、同時に氷像の軍勢も壊滅《かいめつ》させる。こんな事が出来るのはティオくらいしかいない。あの子はわたしの子供達《たち》の中で最も色濃《いろこ》くバハムートの力を受け継いだ存在。同じ三龍王《さんりゆうおう》であるリン、ファフと比べてもその力は圧倒的。でも……」

ユキは空の彼方《かなた》へと視線を移す。その先にあるのは雷鳴渦巻《らいめいうずま》く巨大《きよだい》な積乱雲だ。

「ティオは今もあの雲の中で力を蓄《たくわ》え続けている。北の地にあの子がやってくる事は考えられない」

「母君、つまりはこの地にティオマトに匹敵する程の何かが潜んでいるという事になりますね。僕らにとっては敵でも味方でもない勢力、といったところでしょうか？」

「うん、目的は謎。この惨状《さんじよう》を引き起こせるだけの強大な存在が、この雪原の何処かにいるという事だけは確か。警戒しないと危ない」

ユキの瞳が鋭く細まり、リンドブルムもまた同じようにして険しい表情を浮かべていた。

ネオンは改めて周囲に目を配る。

自分達以外の何者かの影《かげ》は見当たらず気配も感じない、だが油断は禁物だろう。

「今の所は周囲に何もいないみたいだな。だけど俺達もその何かにいつ襲われるか分からない、警戒だけは怠《おこた》らないでくれ」

その言葉にセラとルージュも身構え、いつでも戦えるようそれぞれの武器を握《にぎ》り締める。

ネオン達は慎重《しんちょう》に歩を進めながらも、視界の端《はし》にある天鯨の死体を横目に進んでいく。

やがて死体の山を通り抜《ぬ》けて、更に先へと進み続け――彼らは遂に目的地である『神水の領域』に辿り着いた。

塔《とう》のような氷の柱が何本もそびえ立ち、周囲には無数の氷の結晶《けっしょう》が浮遊《ふゆう》している。

漂う空気には氷の粒《つぶ》が混じっており、それは太陽の日差しを浴びて美しく煌めいていた。

その光景はまさに絶景で、言葉を失う程に美しい。しかしその美しさの裏には想像を絶する脅威が潜んでいたのだ。

「ここが神水の領域です。この何処かに蒼天の神水を生み出す魔石《ませき》が眠っています。それを回収出来れば黒呪病の治療薬《ちりょうやく》に利用出来るはず」

「ネオン様、早く見つけて龍族の皆様《みなさま》に届けてあげないと！」

「ああ、セラ。分かってる。でもその前に……どうやら俺達にお客さんだ」

そう言ってネオンが睨《にら》む先にいたのは、氷柱《つらら》の上に佇《たたず》みこちらを見下ろす何者かの姿。

その者は全身をローブで覆い隠しており、フードの奥《おく》から覗かせる黒い双眼《そうがん》はネオンを見据えていた。

「――あは！　やっぱりここに来るって思ってた！　どんなに離《はな》れていてもボクとお兄ち

やんの想《おも》いは通じ合ってるんだね、嬉しいなぁ！」

甲高《かんだか》い女性の声が響くと同時に、氷柱の上から飛び降りる人の影。

空中で体を回転させながら華麗《かれい》に着地すると、その人物は嬉しそうに声を上げながら鞘《さや》から剣《けん》を抜き放った。

まるで水晶のような輝《かがや》きを放つ青い刃《やいば》からは、凄まじいまでの魔力が溢れ出す。

ローブの下の歪《ゆが》んだ笑み。明るくも狂気《きょうき》を孕《はら》んだ声。そして万物《ばんぶつ》を斬り裂く聖なる剣。

その人物が誰なのか、それを理解した瞬間《しゅんかん》にネオン達の背筋は凍りつく。

「――シオン、どうしてお前がここに？」

呆然と呟かれたネオンの言葉が虚《むな》しく響き渡《わた》る。

彼らの前に突如として現れた人物――聖剣《せいけん》の英雄シオン・グロリアス。

世界最強の剣士《けんし》にして、ネオンの実の妹の姿がそこにあった。

大都市リディオンでの戦いを思い出し、仲間達はすぐにシオンへ向けて武器を構える。

その様子に臆《おく》する事なく彼女《かのじょ》は悠然とした態度のまま歩み寄った。

「リディオンからお兄ちゃん達が転移しちゃった後、ずっと追いかけてたんだ。それでメゼルポートに潜伏《せんぷく》してたのは分かったんだけど、龍王国にまで来てたなんてびっくり」

無邪気《むじゃき》に笑いながらも、その瞳はまるで獲物を狙う蛇《へび》のように冷たく鋭い。

全身から放たれる殺気は尋常《じんじょう》ではなく、対峙《たいじ》しただけで息苦しさを感じてしまう程のもの。しかしここで引くわけにはいかない。この先に龍族を黒呪病から救う希望がある、それをみすみす逃《のが》すわけにはいかないのだ。

ネオンは静かにひのきの棒を構え、セラはかしの杖《つえ》に魔力を込め、ルージュは赤く染まった闘気を石の斧《おの》に滾《たぎ》らせる。リンドブルムも威嚇するように翼《つばさ》を広げて牙を向けた。

ユキも怯《おび》える事なく凛《りん》とした声を響かせる。

「聖剣の英雄……そう。天鯨《てんげい》の群れを蹂躙したのも、氷像の魔獣の軍勢を壊滅させたのも、全部は聖剣の英雄の仕業《しわざ》」

「母君、あれが聖剣の英雄ですか。何処となくネオンさんに似ていますが、もしかして？」

「うん。彼女はネオンの妹……武神から最強の剣を授《さず》かった最強の剣士」

「妹でありながらネオンさんにあれだけの殺意を……なるほど、厄介ですね」

白き悪魔《あくま》と呼ばれる程の天鯨を最弱の武器で屠《ほふ》ってみせたネオン。その妹が最強の武器の使い手である事実に、リンドブルムは苦虫を噛《か》み潰《つぶ》したような表情を浮《う》かべる。

「ユキ、リンドブルム。下がっていてくれ。ここは俺達が何とかする」

「うん、ネオン。あなたなら勝てるって信じてる」

ユキは仲間達の勝利を祈《いの》るように両手を胸の前で組み、リンドブルムと共に後方へと下がる。そんな二人を守るようにしてネオンは前に立ち、ひのきの棒をシオンへと向けた。

「あっは！　やる気になってくれたね、お兄ちゃん！　ここにはボク達以外に誰もいない！　だからもう遠慮《えんりよ》する必要ないよ、だってここはもうボクとお兄ちゃんの二人きりの世界なんだから!!」

踊るようにくるくると剣を回しながら、シオンは狂気《きようき》に満ちた笑顔を浮かべる。

その黒い瞳はただひたすらにネオンだけを捉えていた。

「……っ二人だけの世界って、私やセラは眼中にもないって事⁉　むかつくわね！」

「ルージュさん、あの時とは違う事を見せてやりましょう！」

「ええ！　ネオンばっかりに良い格好させないわよ！」

セラとルージュもまた戦意を高め、かしの杖と石の斧を強く握り締めた。

それでもなおシオンにとって二人の姿は眼中にない、ただネオンだけを見つめて口角を持ち上げる。そして聖剣を構え、シオンは狂気に満ちた笑顔のまま駆け出した。

その速度は常人を遥《はる》かに凌駕《りようが》しており、一歩踏み込む度《たび》に氷の大地が砕《くだ》け、衝撃によって吹き荒《あ》れる風が雪を巻き上げていく。

だがネオン達もそれを迎え撃つべく一斉《いつせい》に動き出した。

「光壁《プロテクシヨン》！」

かしの杖から放たれた魔力は分厚い光の壁を生み出し、シオンの行く手を阻《はば》もうと立ち塞《ふさ》がる。天鯨の突進を難なく防いだ魔法障壁《まほうしょうへき》を前にシオンはただ剣を振り上げた。

「あっは。そんなのでボクの剣撃を防げると思ってるわけ？」

振り下ろされる聖剣エクスカリバー、激しい衝突音と共に光が弾《はじ》ける。

セラの生み出した光の壁がガラスのように容易く打ち破られていた。

「そんな……あたしの光壁《プロテクション》が……!?」

「なかなか悪くない魔法障壁だけど甘《あま》っちょろいね。シャルテイシアと違って魔法の使い方が雑、こういうのは斬り込まれる部分に魔力を集中させて受け流すのが鉄則なのにね！」

魔法障壁を打ち破った直後もシオンの勢いは止まらない。

セラに構う事なく真っ直ぐにネオンへと向かっていく。

だがそれを阻もうと今度はルージュが飛び出した。

「やらせないわよ！　あんたなんてここで叩き潰してやるんだから！」

闘気の込められた石の斧の一撃。大型の魔獣すら容易く粉砕《ふんさい》するそれを、シオンはまるで小枝でも振るかのように軽々と弾き返していた。

その光景に思わず目を見開くルージュだったが、すぐに体勢を立て直して連撃を叩き込んでいく。しかしシオンは欠伸《あくび》を漏《も》らしながら全てを避《よ》け、時には剣でいなしてみせる。

「おっそいなあ。やる気ある？　こんなんじゃ全然物足りないんだけど。速さも力も全部足りてない。ボクの相手をしたいならもっと実力をつけなきゃだめだよ」

「この……！　まだまだよ！」

「もうおしまい、十分でしょ？　出直しておいでー」

鋭《するど》く放たれた剣閃は石の斧を粉々に砕き、ルージュの体を後方へ吹き飛ばしてしまう。

宙を舞《ま》ったルージュは地面に落下し、痛みに顔を歪めながら咳《せ》き込んでいた。

その間にネオンはシオンとの間合いを詰《つ》めており、ひのきの棒を力強く握り締めている。

「シオン……!!」

「お兄ちゃんやっとだね！　この時をずっと待ってたんだよ!!」

歓喜《かんき》の声を上げ、シオンは満面の笑《え》みを浮かべて聖剣を両手で構える。

ネオンは迫《せま》りくるシオンに向けて意識を研《と》ぎ澄ませた。

「あっは！　最高だよ、お兄ちゃん!!　その目、ゾクゾクする！　その殺意に満ちた顔、大好き！　だから――」

聖剣を頭上に掲《かか》げ、シオンは高らかに声を上げる。

「――ボクの愛を受け取って！　いっくよー!!」

天高く掲げられた聖剣は眩《まばゆ》い輝きを放ち、その刃に膨大《ぼうだい》な魔力が集中していく。

そしてネオンとシオン、二人の視線が交差する。

最弱の武器と最強の武器の使い手が今まさに激突《げきとつ》しようとしていた。

振り下ろされる青い刃にネオンは全神経を集中させた。

万物を斬り裂く聖剣エクスカリバー。

あの青い刃に触れればたちまち肉は裂け、骨は断《た》たれる事となる。だが恐れていては何も始まらない。ネオンは息を大きく吸《す》い込み、姿勢を小さくすると地面を踏み込んだ。

聖剣による剣撃を躱《かわ》し、シオンの懐《ふところ》に潜り込むように一気に距離《きょり》を詰めると、ひのきの棒を握り締める手に力を込める。そしてネオンは渾身の一撃を繰り出した。

真《ま》っ直《す》ぐに振り抜かれるひのきの棒、その衝撃は凄まじく大気を揺《ゆ》らして轟音《ごうおん》を響かせる。だがシオンは表情一つ変える事なく、僅かに体の軸《じく》をずらすだけでその攻撃《こうげき》を躱してみせる。まるで最初から攻撃の軌道《きどう》を読んでいたかのような反応、同時にシオンは聖剣を横薙《よこな》ぎに振るっていた。

咄嗟《とっさ》に後方へと飛び、紙一重でその斬撃を回避《かいひ》するネオン。

ほんの僅かでも反応が遅《おく》れていれば、確実にその身は斬り裂かれていた事だろう。

鋭く研ぎ澄まされた聖剣の切っ先が掠《かす》めたのか、頬《ほお》に赤い線が刻まれる。

そんなネオンを見つめながらシオンは口角を持ち上げた。

「すごいねえ、お兄ちゃん。完全に捉《とら》えたつもりだったんだけどなー」

「そう簡単にやられるか。ここでお前を倒して蒼天の神水を持ち帰る！」

「あっは、言うねえ。確かにリディオンで戦った時より速くなってるのは認めるよ。動体視力と反射神経だけでボクについてこれるのはこの世界でお兄ちゃんだけ。でも――」

シオンは聖剣を構え直すと、その黒い瞳《ひとみ》を妖《あや》しく輝かせた。

「――力の流れも知らないで、ボクに勝とうなんて百年早いかな！　あっは！」

「力の流れ……？」

音さえも置き去りにしてシオンは飛び込《こ》んでくる。

直線的な動き、それを捉えたネオンはひのきの棒を叩《たた》き込もうとするが、どれだけ攻撃を重ねてもその全てをシオンは最小限の動きのみで回避する。

さっきと全く同じだった――ネオンが攻撃をする前から既《すで》にシオンはそれを避けており、あらゆる全てが彼女には届かない。

「無駄《むだ》だよ、お兄ちゃん！　今のお兄ちゃんがどれだけ速く動いても、ボクには全部お見通し！　それっ！　どんどんいくよー!!」

シオンが繰り出すその剣撃は光のように速く、正確で、そして何よりその一つ一つが必殺の威力を持っていた。

一撃《いちげき》でもまともに喰《く》らえば致命傷《ちめいしょう》となり得るのは分かっている。

だからこそ今までの戦いで培《つちか》ってきた経験を活《い》かし、ネオンはその類《たぐい》まれなる動体視力と反射神経でシオンの攻撃を躱し続けた。だがそれにも限界はある。

いくら反応出来ているとは言え、彼女の剣速は神速の域に達しているのだ。

「そろそろ息が切れてきたね！　もう終わりにしよっか！　お兄ちゃん！」

エクスカリバーが今までにない輝きを放つ。同時にシオンの体からも膨大な魔力が溢れ出し、全力の一撃でこの戦いに終止符《しゅうしふ》を打とうとしているのが分かった。

ネオンは既に追い込まれ退路はない。

そして聖剣の英雄による最強の剣閃が放たれようとした——その瞬間。

「——光壁《プロテクシヨン》！」

セラの声が響《ひび》いた瞬間、シオンの目の前に巨大な光の壁が現れる。

それは先程の魔法障壁よりも遥かに分厚く、セラの渾身《こんしん》の魔力が込められたもの。

突如《とつじょ》として現れた魔法障壁を前にしてもシオンは動じなかった。

むしろこの状況《じょうきょう》を楽しんでいるかのように笑みを浮かべている。

「技術じゃカバー出来ないから力ずくか。そういうのも嫌《きら》いじゃないけど今は邪魔《じゃま》！」

シオンは聖剣による一閃《いっせん》を放ち、光の障壁《しょうへき》を打ち破ろうとする。しかし青い刃が光の障壁に触れる事はなかった。

「ルージュさん、今です！」

「分かってるわ！」

光の壁は刃が届く直前に煙《けむり》となって霧散《むさん》し、それと同時にシオンの視界を遮《さえぎ》った。

ルージュはセラの掛《か》け声《ごえ》に合わせて煙の中から飛び出し、闘気の込められた石の斧をシオンに向けて思い切り振り抜く。

「やるね！　力任せかと思ったら今度はちゃんとフェイントを入れてくるんだ、あははは！　楽しいなぁ!!」

セラとルージュのコンビネーション。

それでも聖剣の英雄に一太刀《ひとたち》も浴びせる事は出来なかった。

放たれた石の斧の一撃は聖剣で難なく受け止められ、そのまま押《お》し返されてしまう。

だがそれも二人にとっては計算の内。一瞬でも良い、シオンの意識を逸《そ》らす事さえ出来れば後は彼が必ずやってくれる。仲間達はそう信じていた。

「――ありがとう、セラ、ルージュ！」

ネオンはひのきの棒に全身全霊《ぜんしんぜんれい》を込めて振り上げる。

僅《わず》かな隙《すき》、それでも彼が一撃を放つには十分すぎるものだった。

二人の仲間が繋《つな》いでくれたチャンスを決して逃さない。

ネオンは地面を蹴《け》って跳《と》び上がり、渾身の一撃をシオンに向けて放った。

「仲間との連携攻撃《れんけいこうげき》、最高だね——でもボクには届かないよ!!」

シオンは常にその圧倒的《あっとうてき》なまでの武の才能によって最善の選択《せんたく》を導き出す。

放たれたひのきの棒に向けて体を捻《ひね》り、その一撃を無力化しようと聖剣を振り抜いた。

その刹那《せつな》、シオンの表情に僅かに焦燥《しょうそう》の色が浮かぶ。

「……違《ちが》う、ボクを狙《ねら》ってない？　これは——まさか⁉」

そう、初めからネオンはシオンに狙いを定めてはいなかった。

ひのきの棒が叩き込まれる先、そこはシオンの立つ氷の大地、そして——。


——ドン。


最弱の武器から放たれた最強の一撃。

それは凄《すさ》まじい衝撃《しょうげき》を白銀の世界に轟《とどろ》かせ、氷の大地を粉々に打ち砕く。

空気さえも裂《さ》いて響く破壊《はかい》の音と、舞い上がる雪と氷の破片。

シオンの体もまた吹き飛ばされていた。

まるで隕石《いんせき》でも落下したかのような光景に、シオンは目を丸くしながら笑みをこぼした。

「あっは！　お兄ちゃん、初めからこれが狙いだったんだ！」

轟音と共に刻まれた巨大な亀裂《きれつ》がシオンを飲み込む。

底の見えない奈落の如き深い穴に、足場を失ったシオンは為《な》す術《すべ》もなく落ちていく。

これが戦いの中で見出《みいだ》したネオンの逆転の一手だった。

氷結洞《ひょうけつどう》を進んでいる時にセラが話してくれた。

この周辺に土の大地はなく、何処までも氷で出来た世界が広がっている事を。その地下には巨大な空洞《くうどう》が広がっている事を教えてくれた。

そしてそれをシオンは知らない。単独でこの地に赴《おもむ》き、一人でネオンを探していた彼女には知る由もない情報。それが決め手となった。

ネオンはこの戦いで仲間達がもたらしてくれた情報、地の利を活かしたのだ。

彼の放つ一撃ならば、氷だけで出来た大地など容易《たやす》く打ち崩《くず》す事が出来る。

いくら隙を突《つ》いたとしても、シオンはその全てを軽々と受け流すだろう。

だからこそシオンを狙うのではなく、自然の大空洞に彼女を叩き落とす事を選んだ。

仲間達が繋いでくれたチャンスを活かし、彼は見事にこの戦いに終止符を打ったのだ。

「いいよ、お兄ちゃん。また戦おうね。次はもっともっと強くなったお兄ちゃんと、それを楽しみにしてるから！　あはは、あはははは！」

狂気を孕んだ笑い声が暗闇《くらやみ》の中へと消えていき、シオンの姿も完全に奈落へと飲み込まれた。いくら聖剣の英雄と言えど、何処までも続く深い闇《やみ》に落ちればただでは済まないはずだ。だがそれでも必ず彼女はまた現れる。そんな確信に近い予感がネオンにはあった。

ネオンは氷の大地に刻んだ巨大な亀裂《きれつ》から視線を外し、深呼吸をして息を整える。

そしてゆっくりと振《ふ》り返ると、そこにはセラやルージュ、仲間達が集まっていた。

皆《みな》が無事な事に安堵《あんど》すると同時に、まだこの先に黒呪病を撒《ま》き散らす元凶《げんきょう》が潜んでいる事を思い出す。

「……行こう。俺達の目的はまだ終わってない」

「うん。蒼天の神水を見つけて龍族を救う為に、神水の領域へ」

ネオンの言葉にユキは力強く頷《うなず》いた。

他の仲間もこの先に広がる未知の領域を見据え、ネオンと共に氷の深淵《しんえん》へ歩き出した。

第五章

神水の領域。

そこに存在する湖の水は膨大な魔力《まりょく》を秘《ひ》めた奇跡の水と言われている。その湖は空のように青く澄み渡り、この極寒の地でも凍《い》てつく事なく、常に穏《おだ》やかな水面をたたえている。

セラは父親の本に書かれた神水の領域についての項目を読み聞かせ、その言葉に仲間達は耳を傾《かたむ》けた。

「蒼天の神水は純度が低くなると通常の水のように凍りつくそうです。つまり氷のある場所の周辺には、蒼天の神水を生み出す魔石は存在していないという事になります」

「なるほどな。水源から離れれば離れる程、氷ばかりが広がっていくわけか」

「それじゃあ凍ってない場所を見つければ、そこに私達の探している魔石があるわけね。よーし、頑張るわよ！」

セラの説明を聞いたルージュは張り切った様子で拳《こぶし》を握ると、先頭に立って神水の領域の奥へ向かって歩いていく。

そんなルージュの様子にセラは心配そうな表情を浮かべ、慌《あわ》ててその後を追いかけた。

「危ないですよ、ルージュさん。どんな魔物が潜んでいるのか分からないんですから……氷像の魔獣や天鯨のような危険な生物が他にもいる可能性がありますし」

「大丈夫《だいじようぶ》よ、セラ。いざという時は私が全力でぶっ倒してあげるから」

「そういう問題じゃないんですよ……。本当にもう……」

ルージュは自信満々に胸を張るが、セラは不安を拭《ぬぐ》えないようで眉《まゆ》を下げた。

そんなセラをなだめるようにネオンは優《やさ》しく微笑《ほほえ》む。

「ルージュも龍族を助けたくて必死なんだ。それにさっきの戦いで消耗《しようもう》した分は黄龍族《こうりゆうぞく》からもらった治癒薬《ちゆやく》で回復してる。もしもの時の為に俺《おれ》も気を付けておくから」

「ネオン様がそう仰《おつしや》るなら、分かりました。でも絶対に無茶《むちや》だけはさせません。命あっての物種《ものだね》と言いますから」

「いざとなったらセラも防御魔法で援護《えんご》を頼《たの》むよ。セラの魔法があれば心強いからさ」

「はい、任せてください」

ようやく笑顔を浮かべたセラを見て、ネオンは安心したように小さくため息をつく。

セラの言うように、ここは何が起こるか分からない。

どんな危険が潜んでいるかも定かではないのだ。慎重に進まなければ――そう思いながら、ネオンは神水の領域を注意深く観察しながら歩いた。

そびえ立つ氷の柱、宙に浮かぶ氷の結晶、そして地面を覆《おお》う厚い氷の絨毯《じゆうたん》。

どれもこれもが美しく幻想的《げんそうてき》な光景だが、同時に厳しい寒さがネオン達を襲《おそ》う。

神水の領域の奥へ奥へと進む程に気温は下がり、分厚い防寒具に身を包んでいても体は冷えきって震えてしまう。

そんな彼らの様子を見てユキは心配そうに声をかけた。

「ネオン、ここまで休憩《きゆうけい》しないで移動を続けている。一度何処《どこ》かで体を暖めた方が良い。あまり体力を消費しすぎると動けなくなる」

「そうだな……ユキの言うように常に万全《ばんぜん》の状態を保てるよう、休息はしっかり取るべきかもしれない。みんなもそれで良いよな？」

「ええ、私は構わないわよ。ずっと寒い中を歩いてきたんだもの、少しくらい休んでもバチは当たらないわよね」

「でも何処で休みましょう？　この周辺には冷たい風を遮る場所はありませんし……」

辺りを見回しても広がるのは一面の氷の世界。

神水の領域に足を踏み入れてから、休むのに適した場所は一度も見当たらなかった。

このまま何処かに腰《こし》を下ろしたとしても、極寒の地を吹く風が容赦《ようしや》なく体温を奪《うば》っていくだろう。

何か方法を考えなくては、と悩《なや》むネオンの下《もと》にリンドブルムが小さな翼で羽ばたきながら近付いてきた。

「それなら僕《ぼく》の出番ですね！　こういう事もあるだろうと思って、幻体《げんたい》の魔力を温存しておいたんです！」

得意げに笑うリンドブルムの全身が眩い光を放つ。すると幼い龍だったリンドブルムが、初めて出会った時と同じ黄金の龍王の姿へと変化する。

黄金に輝く鱗《うろこ》に覆われた巨大な体でネオン達を包むように覆い被《かぶ》さり、温かな熱を帯びた光が全員を包み込んだ。空を覆う程の翼をはためかせて、冷たく吹き荒れていた風の刃から守ってくれる。

リンドブルムのおかげで周囲の冷気は遮断《しゃだん》され、まるで太陽の光に包まれているような心地《ここち》良《よ》さにネオン達は目を細めて感嘆《かんたん》の声を漏らした。

「おおっ……これは凄《すご》いな……」

「あったかいわね。それになんていうか……力が湧《わ》いて来る感じがする」

「リンドブルム様、ありがとうございます。とってもぽかぽかして気持ちが良いです」

ネオン達が口々に感謝の言葉を述べると、リンドブルムは嬉《うれ》しそうに尻尾《しっぽ》を揺らす。

我《わ》が子の活躍《かつやく》を喜ぶようにユキは優しい眼差《まなざ》しで金色の巨体《きょたい》を眺め、それからリンドブルムの頭に手を伸《の》ばした。

リンドブルムは大きな頭をユキの方に寄せ、撫《な》でられると気持ち良さそうに目を閉じる。

「偉《えら》いね、リン。おかげでみんなが凍える事なく休める。ありがとう」

「今の僕は幻体で、皆さんを飛んで運ぶ力も、戦う力もありませんから。少しでも皆さんのお役に立てたらって思ってて。こうして喜んでもらえて本当に嬉しいです」

「いいこいいこ、よしよーし」

「んぅ、くすぐったいですよ母君っ」

ユキから顎《あご》の下をくすぐるように撫でられ、リンドブルムはご機嫌《きげん》な様子で喉《のど》を鳴らす。

まるで猫《ねこ》のような愛らしい仕草に仲間達の表情も自然と緩《ゆる》んだ。

龍王の加護を受けながらネオン達は地面に座《すわ》り込み、しばしの休息を取る事にした。

ネオンとルージュは鞄《かばん》の中から水筒《すいとう》や携行食《けいこうしょく》を取り出して、セラは神水の領域について詳《くわ》しく調べる為に父親の本に視線を落とす。ユキはリンドブルムと戯《たわむ》れており、ゆったりとした時間が流れていく。

「魔獣が襲ってくるのを警戒《けいかい》してたけど、今のところは気配もないな。このまま何も起こらないと助かるんだが」

「私達が来る前にシオンがこの周辺の魔獣を片付けてくれたのかしら。ずっとここで私達を待っていたみたいだし」

「ただ俺を倒す為《ため》に来ただけかと思ったけど、意外なところで役に立ってくれたみたいだ」

「そうね。でも……本当に強かった。私、全く歯が立たなかったもの。何をしたって避けられるし、簡単にいなされて、本当に悔《くや》しかったわ……」

顔をしかめながら、ルージュは己《おのれ》の不甲斐《ふがい》なさを呪《のろ》うように拳を強く握り締《し》める。

二人の会話を聞いていたセラも本から顔を上げて申し訳なさそうに俯《うつむ》いた。

「あたしもです……。どんな攻撃も防いでみせるって自信があったのに、あたしの光壁《プロテクション》は簡単に打ち破られてしまいました。自分の実力不足を痛い程《ほど》に実感しました……」

そう呟きながらセラは自らの未熟さを恥《は》じる。

セラの防御魔法《ぼうぎょまほう》は確かに強力だったが、それでもシオンの動きを止めるには至らなかった。それは単純に魔力の強さの話ではない、防御魔法一つにしても様々な工夫《くふう》の余地があるという事をシオンとの戦いで思い知らされたのだ。

ネオンは俯いたままの二人に向けて、励《はげ》ますように明るい声をかけた。

「俺だって同じだよ、ついていくのがやっとだった。正直、何度も死を覚悟《かくご》したよ。でも最後の最後にセラとルージュがチャンスを作ってくれた、そのおかげで何とかシオンを退ける事が出来たんだ。だから気に病《や》む必要はない。次はもっと強くなって、今度こそあいつを倒してやる。それで良いんじゃないか？」

「ネオン……うん、そうよね。いつまでも落ち込んでちゃダメよね。いつかあいつを倒せるくらいに私だって強くなるんだから」

「ネオン様、あたしも頑張《がんば》ります。もっと勉強して、絶対に強くなりたいと思います」

顔を上げたセラとルージュは決意に満ちた瞳で前を見据える。

そんな彼らをユキは眩《まぶ》しそうに見つめながら、優しい声で語りかけた。

「みんなは決して挫《くじ》けない強い心を持っている。諦《あきら》めず努力し続ける気高い精神がある。だからきっと大丈夫、いつか必ず聖剣《せいけん》の英雄《えいゆう》を超える事が出来る。わたしはそれを信じる、みんなも自分の事を信じて欲《ほ》しい」

「はいっ、ユキちゃん。あたし、知恵の樹の杖にふさわしい立派な魔《ま》法使《ほうつか》いになってみせますからね。期待していてください」

「やる気満々ね、セラ。私も負けていられないわ。楽しみにしてなさいよ、ユキ」

ユキの言葉に背中を押され、二人は元気を取り戻《もど》したように笑い合う。

ネオンもユキの真っ直ぐな言葉に力強く頷き、心の中で闘志《とうし》を燃やした。

あの戦い、シオンとの実力差を大きく見せつけられる結果となった。

身体能力ではついていけていた。

シオンの繰《く》り出す神速の剣閃に反応する事も出来ていた。

しかし、それだけではネオンの一撃がシオンに届く事はない。

戦闘《せんとう》における技術力の差。聖剣の英雄という武を極《きわ》めた存在を前にして、ネオンはまだまだ未熟である事を痛感させられた。

魔獣《まじゅう》との戦いのように力任せにひのきの棒を叩き込むだけでは足りないのだ。

いかに速く動けても、どれだけ強力な攻撃を放っても、シオンは全ての攻撃を見透《みす》かしたかのように避け、確実にネオンを捉えて反撃《はんげき》してくる。

(力の流れ……それが重要なんだろうな)

ネオンは先程《さきほど》の戦いを思い返しながら思考を巡《めぐ》らせる。

『力の流れも知らないで、ボクに勝とうなんて百年早いかな！』

戦いの最中、シオンが口にした言葉。

反射神経や動体視力だけでは説明のつかない、洗練された動き。

その動きを可能にする答えがきっとシオンの言った『力の流れ』にあるはず。

力の流れを理解すれば、あのシオンにも自身の一撃が届くかもしれない。

いや、絶対に届かせなければならないのだ。

ネオンは頭の中でシオンとの戦いを詳細《しょうさい》に思い浮かべる。

力の流れとは一体何なのか、それを理解する為に。だがその考えがまとまるどころか、先程の戦いを思い返せば思い返す程、ネオンの中で一つの疑問が浮かび上がってくる。

その疑問はネオンにとって大きな違和感《いわかん》であり、思わず首を傾《かし》げてしまった。

「……なあ、みんな。さっきのシオンとの戦い、何か変じゃなかったか？」

「え、何がですか？　ネオン様？」

セラは意味が分からずに聞き返し、他の仲間達も不思議そうな表情を浮かべた。

ネオンは腕《うで》を組みながら目を閉じて記憶《きおく》を辿り、シオンとの戦いで抱《いだ》いた違和感の正体を突き止めようとする。

「以前にリディオンで戦った時、シオンは俺の使っていたひのきの棒を壊《こわ》してきた。祝福を授けられた俺達《おれたち》にとって武器破壊は最も有効な手段だからな。だけど今回は違った、あいつは俺が使っていたひのきの棒を破壊しようとはしなかった」

「そういえばそうですね……あたしの時も防御魔法を簡単に打ち破っていましたけど、かしの杖を壊そうとはしていませんでした」

「私は壊されたわよ？　石の斧を何回か受け止められた後だったけど」

「でもルージュさん、すぐに壊されないのは変じゃなかったですか？　それに一切追撃《いっさいついげき》してきませんでしたし。あたしの光壁《プロテクション》を破った時、強力な攻撃への対処方法まで教えてくれました。神杖《しんじょう》の英雄シャルテイシア様の話を例に上げていて、魔法障壁で相手の攻撃を防ぐ際には、攻撃される箇所《かしょ》に魔力《まりょく》を集中させて受け流すと……」

「言われてみると確かにそうね。どうして助言してくれたのかしら。実力不足だから出直してこいって私には言ってたけど。皇帝《こうてい》からの命令で私達を殺そうとしているはずなのに、まるでその気がないみたい。フェイントが決まった時は褒《ほ》めてたくらいだったものね」

セラとルージュの二人は顔を見合わせて首を捻る。

ユキもまた彼《かれ》らの会話に耳を傾け、難しい顔をしながら唇《くちびる》に指を当てていた。

「わたしも変だと思った。シオンはネオン達の実力不足を指摘《してき》して、みんなにアドバイスを与《あた》えてくれていたようにさえ見えた」

「そうか、ユキにもそう見えたか……」

それは決して敵として戦う相手に与えるようなものではない。だが確かにシオンの戦い方はネオン達がより成長出来るよう、手を差し伸べるかのような行為《こうい》であった。

（もしかして――）

ネオンの脳裏《のうり》に一つの可能性が思い浮かぶ。

しかしそれはあまりにも荒唐無稽《こうとうむけい》な話だった。仮にそうだとしたらシオンの行動は余りにも矛盾《むじゅん》してしまう。だからこそ、この可能性を仲間達に話す事さえ躊躇《ためら》われた。

それにもし自分の予想通りだとしたら、余りにも残酷《ざんこく》すぎる真実がその先に待っている。

ネオンは頭《かぶり》を振ってその想像を振り払《はら》うと、仲間達に向けて明るい声を出した。

「まあ、あいつの事だし深い理由はないんじゃないか？　俺達の実力はまだあいつに及《およ》ばない、今回の戦いはシオンにとっては遊びみたいなものだったんだろ」

「そう……ですかね？」

「ネオンの言う通りね。考えるだけ無駄かも、ただの暇《ひま》つぶしに付き合わされたって事よ」

ルージュは納得《なっとく》したように笑顔《えがお》で答えたが、ネオンは何処《どこ》か寂《さび》しげな笑みを返す。

シオンに自分達を殺そうとする意思はなかった、それは先程の戦いで証明されてしまう。もしも彼女が最初から本気で戦っていたなら、自分を含《ふく》めた仲間達は誰一人《だれひとり》生きてはいなかったはずだから。

（シオン……お前は一体何を考えているんだ？）

その問いに答える者は誰《だれ》もいない事は分かっていた。

それでも心の中で聞かずにはいられなかったのだ。

妹が聖剣の英雄となったあの日から、風の便りで聞くシオンの噂《うわさ》はどれも残酷で残虐《ざんぎゃく》なものばかり。聖剣の英雄の名に恥じぬ活躍をしていたはずのシオンだったが、その評判には必ずと言っていいほど悪評がついていた。

聖剣の英雄シオン・グロリアスは狂《くる》っている。

聖剣の力に魅入《みい》られ、人間を捨ててしまった怪物《かいぶつ》。

聖剣に魂《たましい》を売ってしまった悪魔。

世界最強の存在でありながら、血肉を求める殺戮者《さつりくしゃ》としてその名を広め、聖剣の英雄は多くの人々から恐《おそ》れられている。

だがネオンの知る十年前のシオンは、虫を殺す事にすら躊躇《ちゅうちょ》してしまう程の優しい少女だった。彼女はいつも笑顔を絶やす事なく、兄であるネオンや家族、友人に愛され、幸せに暮らしていたはずだった。

そんな妹が何故《なぜ》ここまで変わってしまう事になったのか。

聖剣の英雄となった後、血で血を洗い続ける道をどうして選んでしまったのか。

人々の恐怖《きょうふ》の対象となりながら、そこまでして自身の強さを誇示《こじ》しようとする理由を知る術《すべ》は今のネオンにはない。確かなのは先程の戦いで、シオンがネオン達を導くように聖剣エクスカリバーを振るっていたという事だけ。

彼らがもっと強くなる事を願い、自身を超《こ》えて欲しいとさえ思わせる戦い方——。

「シオン……」

彼は小さく妹の名を呼ぶ。

次に会う時はその真意を知る事が出来る事を願いながら、ネオンはリンドブルムの温かな光に包まれて束《つか》の間《ま》の休息に身を委ねるのであった。


リンドブルムの幻体による加護を受けてから、休息を終えたネオン達は再び凍えるような寒さの中を進んでいた。

神水の領域は広範囲《こうはんい》に及んでおり、蒼天《そうてん》の神水が湧き出すという湖を探して歩き回っているのだがなかなか見つからない。セラの父親が残した情報を頼《たよ》りに進んでいるが、それらしい場所も見当たらないのが現状だ。

けれどリンドブルムが時折ネオン達を暖めてくれるので体力的な消耗は少ない。

そのおかげで凍えるような寒さに苦しめられる事なく順調に歩を進めていた。

そんな時、歩いていたセラがふと立ち止まった。

「ねえ、何か聞こえませんか？　ほら、この音です」

「ん、確かに聞こえるな」

「あら。何の音かしら？」

セラに続いてネオン達も立ち止まって耳を澄《す》ます。

何処からともなく聞こえるせせらぎ。

それに気付いたネオン達の顔は自然と明るくなった。

「これは……水が流れるような音がする」

「水があるって事は……それじゃあこの先に蒼天の神水が！」

「やったわね、セラ！　お手柄《てがら》よ！」

喜ぶ仲間達と一緒《いっしょ》にセラも嬉しそうに笑う。

この氷の大地で水の流れが聞こえるという事は、蒼天の神水が湧き出す水源が近くにある可能性が高いという事。これでようやく黒呪病《こくじゅびょう》の治療薬《ちりょうやく》の材料が手に入ると、一同は喜び勇んで音のする方角へ進んで行く。

そしてしばらく歩いて辿《たど》り着いたその場所は、穏やかな水面を湛《たた》えた大きな湖だった。

何処《どこ》までも広がる青い空が鏡のように映り込み、まるで青空がそのまま水面を広がっていくかのような錯覚《さっかく》さえ覚える。

幻想的で美しくも不思議な空間だった、その光景に思わず目を奪われた。

「これが、お父様の書き記した神水の湖……」

セラは感激した様子で呟《つぶや》く。その瞳にはうっすらと涙《なみだ》が浮《う》かんでいた。

父親が残してくれた知識を頼りにここまで来た。

セラは必死になって父親の本を読み解き、懸命《けんめい》に治療法《ちりょうほう》を探してきた。彼女《かのじょ》は黒呪病を浄化《じょうか》する薬の存在を示し、この地にネオン達を導くきっかけとなった。だからずっと絶対に失敗出来ないのだという責任感を心の内に抱《かか》えていたのだろう。

ようやく黒呪病に苦しむ龍族《りゅうぞく》を救える事にセラは心の底から安堵したようで、その青い瞳から溢《あふ》れた雫《しずく》が頬を流れ落ちる。

そんなセラの肩《かた》に優しく手を添《そ》えながらネオンはそっと声をかけた。

仲間達も寄り添って彼女を励ますように微笑みかける。

「やったな、セラ。ここに来られたのもセラのおかげだよ。ありがとうな」

「ええ、本当にそうね。セラのおかげでみんな無事に辿り着けたの」

「わたしもセラの事をいっぱい褒めたい。セラは頑張った、だからもう泣かないで」

「これで僕ら龍族を救う事が出来ます。セラさんには感謝してもしきれませんね」

「ネオン様、ユキちゃん、ルージュさん、リンドブルム様。あたし、あたし……嬉しいんです。やっと、みんなを助ける事が出来るんだと思うと、胸がいっぱいになってしまって」

セラは涙を流しながら大きく深呼吸をして、それから胸を張って顔を上げる。

清々《すがすが》しい笑顔を浮かべ、迷いのない真っ直ぐな眼差しで前を見据《みす》えた。

「でもまだ終わりじゃないんですよね。ここで蒼天の神水を生み出す魔石《ませき》を探さないといけませんから」

「あぁ、そうだな。それに黒呪病を撒き散らす元凶も倒《たお》さなきゃ。みんな、最後まで気を抜《ぬ》かずに行こう」

「はい、もちろんです。行きましょう、ネオン様！」

涙を拭った後、セラは拳を握《にぎ》り締めて力強く意気込《いきご》む。

そんな彼女の姿にネオンは頼もしさを覚えながら、改めて蒼天の神水を生み出している魔石を探すべく行動を開始した。

広大な湖の外周をぐるりと回って調べてみると、湖の中心からぼこぼこと小さな泡《あわ》が噴《ふ》いているのを発見した。どうやらその場所から水が湧き出しているようで、そこには大きな石のような物が沈《しず》んでおり、蒼《あお》い光を放っているのが見えた。

「ネオン様、間違《まちが》いありません。あれが蒼天の神水を作り出す魔石ですよ！」

興奮した様子でセラが声を上げる。

その視線の先にあるのは水晶《すいしょう》のように透《す》き通った青白い宝石。

蒼天の神水を作り出しているのは間違いなくあの宝石のようだ。

ついに目的が叶《かな》う事に期待しながら、ネオン達がゆっくりと湖の中へ足を踏《ふ》み入れようとした時だった――。

「ネオン、何か来る。湖の中から禍々《まがまが》しい気配を感じる……！」

ユキが警戒の声を上げると、やがて地響《じひび》きと共に大地が揺れ動き始めた。

穏やかだった湖の水面は激しく波打ち、轟音を立てて何かが浮上《ふじょう》してくる。

そして湖の奥底《おくそこ》から突き出す巨大《きょだい》な影《かげ》。

それは先端《せんたん》に血のような赤い花を咲《さ》き誇《ほこ》らせた植物のツルだった。

赤い花弁の中心には大きな口が開き、まるで獲物《えもの》を捕食《ほしょく》するように牙《きば》を剥《む》く姿はまさに異形の怪物。

それと同じものが地中から何本も突き出し、大木のように太い茎《くき》を触手《しょくしゅ》のようにしならせ、その植物は瞬《また》く間にネオン達を取り囲むように広がっていった。

まるで意思を持っているかのような動きにネオン達は戸惑《とまど》いを隠《かく》せない。

「あれは魔獣なのか？　植物……？　こんな生き物は初めて見るぞ」

巨大な花を咲かせた植物の魔獣は大地を揺らしながらその全貌《ぜんぼう》を露《あら》わにする。

それは黒く禍々しい大樹の姿であった。

黒く染まった巨大な幹から数え切れない程の枝を伸ばし、その枝からは刃《やいば》のように鋭《するど》い葉が生い茂《しげ》る。毒々しい色をした根が大地を這《は》いずり回っていた。

幹の中央には禍々しい赤い瞳が輝《かがや》いており、それはまるでこの世の全てを呪い殺すかのような憎悪《ぞうお》に満ちた眼差しをしている。

そして漆黒《しっこく》の大樹のすぐ傍《そば》に、紫《むらさき》のローブを纏《まと》った怪《あや》しき人物が浮かんでいる事にネオン達は気付く。その者はフードで頭部を隠しており性別すらも分からない。だがその者が放つ異様な雰囲気《ふんいき》を感じ取りネオン達は本能的に察した。この存在こそが黒呪病を振りまき、龍族の命を奪う為に極寒《ごっかん》の地で暗躍《あんやく》していた黒幕なのだと。

辺りに漂《ただよ》う濃密《のうみつ》な魔力は人間の比ではない、ただ者でない事は確実だ。

「ほう、人の気配を感じたと思えば……これは珍《めずら》しい客人が来たものですな」

男とも女とも取れない不気味な声色《こわいろ》が響く。

その言葉にネオンは即座《そくざ》にひのきの棒を抜き放ち、仲間達も各々《おのおの》の武器を取り出した。

低い笑い声が聞こえ、その人物はフードをゆっくりと外す。

顔を覆い隠す白い仮面、その隙間《すきま》から覗《のぞ》かせる紫色の瞳がネオン達を見下ろしていた。

「原初の龍バハムート……それに黄金の龍王《りゅうおう》リンドブルムですかな？　おお、三大神から祝福を授《さず》けられた者達も勢ぞろいとは。ははは、随分《ずいぶん》と豪華《ごうか》な顔ぶれではありませんか」

「その仮面の模様、まさか……」

白い仮面に刻まれた怪しげな紋様《もんよう》。

それは以前に『虹色《にじいろ》の神殿《しんでん》』にて対峙《たいじ》した邪教《じゃきょう》の集団――『終末教』の信徒を示す証。

ネオンとセラは思わず息を呑み、警戒心《けいかいしん》を露わにして構えを取った。

ユキはネオンの背中に隠れ、リンドブルムは威嚇《いかく》するように牙を剥き出しにしている。

「ネオン様、まさかここにも終末教がいるなんて……」

「龍王国を襲った黒呪病の脅威《きょうい》、その全部があいつらの仕業《しわざ》だったってわけか」

「つまりネオン、彼らの信仰《しんこう》していた悪《あ》しき神……それは武神だったという事」

「だろうな、ユキ。確かに連中は天魔《てんま》を召喚《しょうかん》していた、終末教の正体は武神の為に世界を終末へ導く教団だったわけだ。全く……厄介《やっかい》な連中だ」

「僕ら龍族を滅《ほろ》ぼす為に暗躍していた存在、許せませんね」

「ちょ、ちょっと待ってよ。何よその終末教って。私、聞いた事もないんだけど？」

話についていけずに困惑《こんわく》している様子のルージュ、そんな彼女に対してセラが説明する。

かつて虹色の神殿に漂っていた聖域の魔力を悪用し、異界から八つ首の天魔という強大な存在を召喚した邪教の集団。彼らは八つ首の天魔を解き放つ事で、世界各地を焼け野原に変え人々に滅びを与えようと画策していた。しかしネオンとセラの尽力《じんりょく》によって八つ首の天魔は討伐《とうばつ》され終末教も壊滅《かいめつ》したはずだった。

セラがそう説明したところで、ルージュはようやく納得したのか大きな溜息《ためいき》をつく。

「ようするに悪い奴《やつ》らって事ね。そいつらの生き残りがいて、今度は龍王国を滅ぼす為に暗躍していたって事かしら」

「だと思います……でもあの方からは、以前に戦った終末教の信徒とは比べ物にならないくらい強い力を感じるんです……」

「確かに、以前戦った連中よりもやばそうな雰囲気だな」

セラは緊張《きんちょう》した面持《おもも》ちで、ネオンもまた冷《ひ》や汗《あせ》を流しながら目の前の敵を観察する。

すると白い仮面の人物は肩を震《ふる》わせながら愉快《ゆかい》そうな声を上げた。

「おや、私達の事をご存じでしたかな。光栄です。まぁ、あなた方が知る者達は組織の末《まっ》端《たん》でありますが」

「……ならお前は終末教の幹部って事か？」

「私など大層なものではありませんよ、主の手足となり動くだけの駒《こま》。組織の頂点に立つ御《お》方《かた》は私の遥《はる》か上の存在。その御方の崇高《すうこう》な計画の為にこうして動いているだけですから」

「その崇高な計画とやらの為に、お前達は龍族を苦しめているのか」

「もちろんです。龍族は原初の龍バハムートによって生み出された星の守護者、我らにとって邪魔《じゃま》な存在に違いありません。だからこそ徹底的《てっていてき》に排除《はいじょ》する必要がありましてな」

仮面の下からくぐもった笑い声を上げ、その人物は静かに語り続ける。

「それにしても、この地に原初の龍と三大神の祝福者が現れるとは。龍を蝕《むしば》む瘴気《しょうき》の毒でこの地を死の大地に変える予定でしたが……これなら龍を蝕む瘴気だけでなく、人を蝕む瘴気もばら撒いておけば良かったかもしれませんな」

「ふざけた事をぬかすな。これ以上、お前の好きにはさせない！」

「威勢《いせい》の良い事です。まあどちらにせよあなた方の来訪は幸運でした。ここで龍族だけでなく三大神もろともその祝福者を始末出来るのです。いやはや本当に運が良い」

その言葉にネオンは眉間《みけん》にしわを寄せ、ひのきの棒を握る手に力を込《こ》めた。

終末教がまたこの世界を破滅《はめつ》に導く為に暗躍している。その悪しき企《たくら》みを止める為、そして龍族の命を救う為にもここで奴を討《う》たなければならない。

だが仮面の人物はネオン達と対峙する事はなく、背を向けて後ろ手を振った。

「我らが宿願を果たす役目は漆黒の大樹に任せましょう。私は忙《いそが》しい身でして、この世界に混沌《こんとん》をもたらす為の仕事がまだまだ残っているのです。ここで失礼させて頂きましょう」

「逃《に》がすか!!」

ネオンが飛びかかろうとした直後、湖の水面が大きく波打ち、漆黒の大樹はまるで意思を持っているかのように暴れ出した。太い枝を振り回し、根を鞭《むち》のようにしならせる。

白い仮面の人物への追撃《ついげき》を阻《はば》むように黒い怪物は立ち塞《ふさ》がった。

「もう会う事のないよう願っております。それでは」

その言葉を最後に白い仮面の人物は影に溶《と》けていく。

気配も何も感じなくなり、この場から完全に消え去ったようだった。

追撃を阻まれたネオンは深呼吸して気持ちを落ち着かせ、改めて黒い大樹を見据える。

ユキも空を覆う枝葉を広げる巨木《きょぼく》を真《ま》っ直《す》ぐに見つめた。

「ネオン、あの黒い大樹が黒呪病の発生源で間違いない。終末教の使徒、彼らの動向も気になるけれど、今はこの怪物をどうにかしないと」

「ああ、終末教については一旦《いったん》置いておこう。まずはあの木の化け物を倒すのが先決だ」

ユキの言うように終末教の事も気になる。だが今は何よりも極寒の地から黒呪病の脅威を取り除く事が最優先だ。この怪物を放置すれば黒呪病は広がり続け、いくら治療薬が完成しても根本的な解決にはならない。だから何としても、ここで仕留める必要があった。

ネオンはひのきの棒を握る手に力を込めながら目の前の敵を見据える。

セラとルージュも隣《となり》に立ってかしの杖《つえ》と石の斧《おの》を構えた。

「ネオン様、一緒に戦います！　必ず勝って龍族を助けましょう！」

「ええ、そうね。やってやるわよ、絶対に負けないんだから！」

ネオン達は強い決意を胸に秘め、黒呪病に侵《おか》された龍族を救う為に戦う覚悟を決めた。

そんな彼らに向けてユキは静かに微笑み、リンドブルムは頭《こうべ》を垂れて勝利を願う。

「皆さんに龍族の未来を託《たく》します。どうかよろしくお願いします」

「みんなら絶対に勝てる。わたしはそれを信じる」

その言葉に背中を押《お》されながら、ネオン達は漆黒の大樹に向かって駆《か》け出した。

最弱の武器を構え迫《せま》ってくる彼らを禍々しい真紅《しんく》の瞳《ひとみ》が捉《とら》える。

黒呪病を撒き散らす災厄《さいやく》の魔獣は、天高く聳《そび》える巨体をうねらせて怒《いか》り狂ったような雄《お》叫《たけ》びを上げた。槍《やり》のように鋭く尖《とが》った根を触手のように自由自在に操《あやつ》り、ネオン達に襲いかかる。同時にセラの持つかしの杖に魔力が滾《たぎ》った。

「光壁《プロテクション》！」

詠唱《えいしょう》と共に展開される光の障壁《しょうへき》。それが迫りくる無数の攻撃《こうげき》を防いだのを確認《かくにん》すると、ネオンとルージュは一斉《いっせい》に走り出す。

今まで天魔と呼ばれた強大な魔獣を何体も討ち倒し、聖剣の英雄との戦いでも決して臆《おく》する事なく立ち向かってきたネオン達。

漆黒の大樹を前にしても彼らが怯《ひる》む事は決してない。

ネオンは根の槍をひのきの棒で叩《たた》き落としながら、ルージュが進む為の道を切り拓《ひら》く。

「行けるぞ、ルージュ！」

「任せて！　これでも喰《く》らいなさい‼」

ルージュは体を回転させ、石の斧に遠心力を加えて真っ直ぐに振《ふ》り抜いた。

巨大な口を開いた花の中心目めがけて、渾身《こんしん》の一撃《いちげき》が放たれる。

「てやあああああっ‼」

その一撃は周囲に花弁を舞《ま》い散らせながら、血のように赤く染まった花を叩き潰《つぶ》す。

潰された花からは紫色の樹液が噴き出し、漆黒の大樹は痛みに悶《もだ》え苦しむようにその身を激しく揺《ゆ》さぶった。

「やったわネオン！　こいつ私達が前に戦った天魔より弱いみたいよ！　このまま一気に畳《たた》み掛《か》けて倒しちゃいましょう！」

ルージュは嬉々《きき》として声を上げるが、その直後に潰れていたはずの花は激しく痙攣《けいれん》し、次の瞬間《しゅんかん》には蕾《つぼみ》を開くように再び真っ赤な花を咲かせた。

「う、嘘《うそ》⁉　こいつも天魔みたいな再生能力を持ってるわけ……⁉」

「ルージュ、まずい！　動きを止めるな！」

動揺《どうよう》するルージュに向けて再生した花の大きな口から紫色の霧《きり》が噴き出される。

それはルージュを飲み込もうとするが、咄嗟の判断でネオンは彼女の手を取りそのまま抱《だ》きかかえて横に飛び退《の》いた。

だが回避《かいひ》した二人を逃《のが》さないとばかりに地面から飛び出したのは槍のような根。

まるで蛇《へび》のように俊敏《しゅんびん》な動きで二人の足元に迫る。

避《さ》けられない――。

「光壁《プロテクシヨン》！」

そう悟《さと》った二人を守るのはセラが放つ防御魔法、光り輝くドーム状の結界。

迫り来る根の槍は光の壁に衝突《しょうとつ》して弾《はじ》け飛ぶ。

その間に二人は体勢を整えて距離《きょり》を取った。

そしてセラの場所に戻り、改めて漆黒の大樹に向けて最弱の武器を構える。

ネオンは眉間にシワを寄せて険しい表情を浮かべた。

「天魔に似ているな。あの魔獣も尋常《じんじょう》じゃない再生能力を持っていた。だがそれは弱点以外の話だ。天魔なら頭を失いさえすれば再生せずに、そのまま倒す事が出来たが……こいつの場合はその弱点らしきものが見当たらない」

「花が弱点かと思ったのに、そういうわけじゃないのね。何処を潰せば倒せるのよ……」

「厄介な相手ですね。弱点が分からないのもそうですが、さっきの霧の攻撃。見るからにしてやばそうです」

攻《せ》めあぐねるネオン達を捉えた赤い瞳はぎょろりと蠢《うごめ》き、刃のように鋭い木の葉が風を切る音を鳴らしながら放たれる。

どんな攻撃が来ようともセラの放つ光の壁が守ってくれるが、彼女の持つかしの杖は既《すで》に限界が近い。最弱の魔法杖《まほうづえ》であるかしの杖はセラの魔法に耐《た》えきれず、使い続ければ砕《くだ》け散って壊れてしまうのだ。

そうなれば漆黒の大樹の猛攻《もうこう》を防ぐ事は出来なくなってしまう。

それはネオン達も同様だ。

ひのきの棒も石の斧も使い捨て、一度の攻撃で壊れて使い物にならなくなる。

その度《たび》に新しい武器を手にして戦うが、武器のストックにはもちろん限りがあった。

長期戦になればなる程ネオン達の方が不利になる。

無闇《むやみ》に攻撃するだけでは勝機は見いだせない。

何とかしてあの再生能力を断《た》ち、巨大な幹を叩き折る必要がある。

だが漆黒の大樹は彼らに考える隙《すき》を与える事なく、次々と根を伸ばして襲いかかった。

迫りくる無数の根の槍、放たれる葉の刃、そして禍々しい紫の霧。

それを阻むのはセラの防御魔法だが、かしの杖にヒビが入り今にも砕けてしまいそうになっていた。このままでは防ぎきれない――。

「ネオン様、どうしましょう……!? きっと次の光壁《プロテクション》であたしのかしの杖は……」

「俺《おれ》が一旦前に出て、敵の攻撃を引き付ける。その間にあいつを倒す方法を考えてくれ！」

セラが不安げに声を上げると、ネオンは覚悟を決めたようにそう言って駆け出した。

ひのきの棒を握りしめ、勇猛果敢《ゆうもうかかん》に漆黒の大樹に向けて飛び込んでいく。

襲い来る攻撃を紙一重で躱《かわ》しながら、大きく口を開いた巨大な花にネオンはひのきの棒を叩き込んだ。

その一撃は巨大な花を跡形《あとかた》もなく消し飛ばす。

彼の放った衝撃《しょうげき》は氷の大地全体を揺らす程のものだったが、漆黒の大樹は即座に再生し、再び口を大きく開いて紫色の霧を吹《ふ》き出して反撃する。

「……あれを吸《す》い込むのは流石《さすが》にやばそうだな」

本能が告げていた、あの瘴気は人の体を腐《くさ》らせ死へと至らしめる力を持っている。

だがネオンは怯まない。彼は決して恐れなかった。

たとえ相手が死の霧を吐こうとも、最弱の武器ひのきの棒を手に立ち向かう。

ネオンは迫り来る無数の攻撃に対して、最小限の動きで避けながら確実に距離を詰《つ》めていった。その姿はまるで吹き荒《あ》れる嵐《あらし》の中を突《つ》き進《すす》む帆船《はんせん》のように、ひたすらに前を見据えて真っ直ぐに突き進んでいく。

漆黒の大樹の懐《ふところ》に潜《もぐ》り込むと、そのまま樹の根元に向けて渾身の一撃を繰り出した。

その一撃は塔《とう》のように太い幹へ巨大な亀裂《きれつ》を走らせる。

それは本来なら漆黒の大樹を葬《ほうむ》る必殺の一撃となるはずのもの。しかし漆黒の大樹は即座に再生し、槍のような根をネオンに向けて突き出した。

ネオンは身を翻《ひるがえ》しながら回避し、新たなひのきの棒で弾《はじ》きながら距離を取る。

宙を跳《と》びながらネオンは以前に倒してきた天魔の事を思い出していた。

天魔という存在は頭の数だけ命を持ち、全ての頭を落とさなければ倒す事は出来ない。

もし仮に頭を落とさずに致命傷《ちめいしょう》を与えてしまうと、身に宿す全ての命が合わさる事でより強大な力を持って復活する。

だが漆黒の大樹は必殺の一撃を受けても強大な力を持って復活する事なく、ただひたすら再生を繰り返していた。それに複数の頭を持たない事から、この魔物《まもの》が天魔とは違《ちが》う別の存在だと判断出来る。そして天魔以上に厄介な相手である事も間違いない。

弱点が明確である天魔と異なり、漆黒の大樹には弱点というものが見当たらないのだ。

どれだけ攻撃しても再生を繰り返し、様々な攻撃で襲《おそ》いかかってくる。

これでは武器を消耗《しょうもう》し続けるだけでネオン達は追い込まれる一方だ。

何とかして逆転の一手を。

無尽蔵《むじんぞう》に再生を繰り返す漆黒の大樹を倒す手段を見つけなければならない。

ネオンは息を切らしながらも動きを止める事なく敵を翻弄《ほんろう》し、仲間達が漆黒の大樹の攻《こう》略法《りゃくほう》を見つける時間を稼《かせ》ぐ為に戦い続ける。

仲間達はその戦いから目を離《はな》さず観察を続けていた。

そしてセラの瞳が輝く、漆黒の大樹が根を張る神水の湖の変化に気付くのだ。

「水が……減っているのですか？」

ネオンが必殺の一撃を与えた直後から、ひと目見て分かる程に湖の水が減っていた。

だが下がった水面は湖の深くに沈む魔石によって、蒼天の神水が湧《わ》き出す事で元の水位に戻っていく。

「もしかして――」

一つの閃《ひらめ》きがセラの脳裏を過《よぎ》った。攻略《こうりゃく》の糸口が見つかったのだ。

それを共有する為にセラは大きな声を張り上げる。

ネオンは迫りくる攻撃を必死に避けながら、彼女の言葉に耳を傾《かたむ》けた。

「ネオン様、漆黒の大樹の回復力の源は恐らくこの神水です！　膨大《ぼうだい》な魔力《まりょく》を持つ蒼天の神水を吸い上げ、奴は自らの生命力としています！」

「そうか、セラ。だからこいつはいくら攻撃しても再生してしまうのか」

漆黒の大樹は天魔と違う。だが天魔以上の再生能力を持っていた。

その力の源は漆黒の大樹が、蒼天の神水に含まれた膨大な魔力を糧《かて》にしているから。無尽蔵に湧き出す奇跡《きせき》の水を吸っている限り、いくらダメージを与えても再生を繰り返してしまう。この神水の領域は不死の如き力を漆黒の大樹に与えていたのだ。

だがその神水の供給源を断ち切り、湖が枯渇《こかつ》すれば漆黒の大樹は不死ではなくなる。そして再生能力を失った漆黒の大樹に、再び必殺の一撃を叩き込めば勝利を掴《つか》めるはず。

——勝機が見えた。

その瞬間、セラはかしの杖に最後の魔力を注《そそ》ぎ込んだ。

「あたしが水源を断ちます！　その間に全力で攻撃してください！」

「分かった！」

「任せなさい！」

ネオンとルージュは力強く応えたのと同時に、漆黒の大樹に向かって駆け出した。

漆黒の大樹は禍々しい真紅の瞳でその動きを捉え、巨大な花を揺らしながら迎《むか》え撃《う》つ。

無数の根の槍が、葉の刃が、紫の霧が二人を襲う。

ネオンとルージュは迫り来る攻撃を紙一重で避けながら漆黒の大樹に接近し、セラは仲間達の動きに合わせて最後の魔法を放った。

「光壁《プロテクション》！」

それはセラが得意とする防御魔法《ぼうぎょまほう》。
その放たれた先はネオン達でも漆黒の大樹でもない。
湖の奥底に沈み蒼天の神水を湧き出し続ける魔石に向けて展開される。
セラの魔法は水源となる魔石を包み込む球状の膜《まく》を形成した。
溢れ出そうとする神水を封《ふう》じ込めた事で、漆黒の大樹は不死ではなくなったはずだ。
「後は任せました……ネオン様、ルージュさん！」
かしの杖が砕け散る。
もうこれでセラは魔法が使えない、全てはネオンとルージュに託された。
ネオンとルージュはそれぞれの武器を握りしめ、漆黒の大樹に肉薄《にくはく》する。
そして二人はひのきの棒を、石の斧を、巨大な幹に向けて叩きつけた。
重なり合った二人の一撃は氷の大地を震わせ、漆黒の大樹の巨体《きょたい》に大きな亀裂を刻む。
漆黒の大樹は再生を始めると同時に神水を吸い上げた。
湖の水位が下がっていくが、セラの放った光壁《プロテクション》により神水が再び湧き出る事はない。
「もう一発いくわ！　ネオンはトドメの一撃を！」
「ああ、セラの繋《つな》いでくれたチャンスを無駄《むだ》にはしない。頼《たの》むぞ、ルージュ！」
ルージュは新たな石を斧に巻き付け、全身から闘気を溢れさせる。

そして体を回転させて石の斧に遠心力を加えた。

放たれた一撃はルージュにとって今までで最高の威力《いりょく》となり、再び巨大な幹に深い傷跡《きずあと》を刻みつける。再生しようと神水を吸い上げるがその傷は深く、遂《つい》に漆黒の大樹に不死の力を与えていた湖を枯渇させた。

漆黒の大樹は湖の底から湧いて出る蒼天の神水を失い、その身を再生させる事が出来ないまま暴れまわる。ただひたすら巨木を揺らして攻撃を繰り返した。

だがネオンは止まらない。仲間達が繋げてくれた希望を胸に、渾身の一撃を放とうとひのきの棒に力を込める。しかし漆黒の大樹も迫りくる脅威を前にして、自身に宿った全ての力を解き放った。

「――っ⁉」

ネオンの顔に焦燥《しょうそう》の色が浮かぶ。

そして彼の目が捉えたのは、漆黒の大樹から噴き出す大量の紫の霧。

それは瞬く間にネオン達を覆《おお》い尽《つ》くし、濃密な死の気配が肌《はだ》を突き刺《さ》した。

「最後の最後に……なんて奴だ」

死を司《つかさど》る邪悪《じゃあく》な霧はネオン達に容赦《ようしゃ》なく襲いかかった。

僅《わず》かに呼吸するだけで肺は焼かれ、体内へ侵入《しんにゅう》した毒は肉を腐らせるだろう。

このままでは為《な》す術《すべ》なく朽《く》ち果てる事になる。

それはまさに終焉《しゅうえん》の時。

死の霧によって勝利への道は閉ざされ、絶望がネオン達を覆っていく。

それでも彼らは諦《あきら》めなかった。どんな逆境に立たされようとも、決して挫《くじ》けない不屈《ふくつ》の精神がこの場に集う者達に宿っている。そしてその心は奇跡を起こすのだ。

「――みんな、大丈夫《だいじょうぶ》！　わたしが死の霧を全て引き受ける！」

響《ひび》いたのは透き通るようなユキの声。

彼女は祈《いの》るように両手を重ねて膝《ひざ》をつく。

眩《まばゆ》い輝きが周囲を照らし、その光がネオン達を優《やさ》しく包み込んだ。

同時に瘴気によって蝕まれたネオン達の体が癒《いや》されていく。

まるで聖女の祈りが奇跡を起こしたかのように、死の霧も浄化され消えていった。

「ユキ、もしかしてそれは……！」

ネオンは声を上げた、その黒い瞳が不安で揺れる。

今のはユキの持つ治癒《ちゆ》の力。他者の痛みを引き受け、自らを犠牲《ぎせい》にしてでも救うという慈愛《じあい》の力。だがそれは彼女の命を削《けず》る諸刃《もろは》の剣でもあった。

ユキが治癒の力を使った事で蝕まれていた三人の体は完治し、神の力によって死の霧は浄化されたが、その全てを引き受けた負担は計り知れない。

今の彼女は神の力のほぼ全てを失っており、僅かに残っていた力をネオン達の為《ため》に使い果たしたのだ。このままでは彼女自身の命が失われてしまう可能性さえあった。

しかしユキは決して苦しい顔を見せる事なく笑顔のまま答えるのだ。

「行って、ネオン！　あなたの一撃で――みんなの未来を切り拓いて！」

「ユキ……!!　分かった、必ず勝つ！」

ネオンは力強く答えた。

ユキから受け取った希望を胸に彼《かれ》はひのきの棒を構える。

この戦いに勝利をもたらす最後の一撃を放つ為、氷の大地を蹴《け》り上げてネオンは漆黒の大樹へ向けて駆け出した。

死の霧を退けられた漆黒の大樹は最後の反撃《はんげき》に出る。

勝利の道を再び閉ざそうと、根の槍を伸《の》ばしてネオンに襲いかかった。

しかし、その前に立ち塞がったのはルージュだ。

彼女は石の斧に闘気を纏わせ、迫り来る根の槍を薙《な》ぎ払う。

ネオンの行く手を阻ませまいと全身全霊《ぜんしんぜんれい》で斧を振り下ろした。

そしてネオンとルージュは交差する。

その瞬間、二人は確かに視線を交《か》わした。そこに言葉はいらない。

二人はそれぞれの役目を果たす為に全力で走り抜けていく。

ルージュは勝利の為に道を切り拓き、ネオンは漆黒の大樹を捉えた。

彼は勢いそのままに跳躍《ちょうやく》し、渾身の力を込めてひのきの棒を振り上げる。

「これで終わりだ」


——ドン。


最強の一撃が放たれた。

ひのきの棒は漆黒の大樹に巨大な穴を空け、大地を揺るがす轟音《ごうおん》を響き渡《わた》らせる。

漆黒の大樹はその一撃を受けて完全に動きを止め、真っ二つに割れて倒れていく。

葉は落ち、枝は砕け、根は腐り、漆黒の大樹は灰のように跡形もなく崩《くず》れ去った。

もう二度と漆黒の大樹が蘇《よみがえ》る事はない。黒呪病が龍族を苦しめる事は二度とない。

戦いが終わった氷の大地に太陽の日差しが降り注ぐ。

氷の結晶《けっしょう》が煌《きら》めき、穏《おだ》やかな風が吹き抜ける。

龍族を苦しめ続けた呪《のろ》いの巨木は枯《か》れ果て、極寒の地に安寧《あんねい》が訪《おとず》れたのだった。

第六章

ユキが目を覚ますとそこは白いベッドの上だった。

窓から差し込む日差しに目を細めながら彼女は外の光景を眺《なが》める。

そこは黄龍族《こうりゅうぞく》が暮らす賑《にぎ》やかな街、リドガルド。

そして青空には大きな虹《にじ》がかかっていた。その美しい景色を見つめながらユキは胸に手を当て、漆黒の大樹との戦いが終わった後の事を思い出していた。

「わたし……そうだ。治癒の力を使って、それで……」

漆黒の大樹が放った死の霧。

龍族の未来の為に戦ってくれていたネオン達《たち》を守る為、自らを犠牲に治癒の力を使って蝕まれていた彼らの体を治し、周囲を覆っていた死の霧を浄化した。

そして彼らが漆黒の大樹を討伐した後、それを見届けたユキは意識を失って倒れたのだ。

自分がどれくらい眠《ねむ》っていたのかは分からない。だが自分がこうして生きているという事はきっと全てが上手《うま》くいったのだろう。

ネオン達がここまで自分を運び、蒼天《そうてん》の神水を生み出す魔石を持ち帰り、浄化の秘薬の調合に成功したに違いない。

それを証明するかのように窓の外にいる龍族は黒呪病《こくじゅびょう》から解放され、皆《みな》が笑顔《えがお》で楽しげな声を上げている。

ユキは安堵《あんど》の表情を浮かべ、ゆっくりとベッドから出ようとして気付くのだ。

「あれ……ネオン？」

ベッドに向かって腕《うで》を枕《まくら》に突《つ》っ伏《ぷ》して眠るネオンの姿がそこにあった。

今までずっと看病してくれていたのだろう。

疲《つか》れ果てた様子で眠り続ける彼の姿を見ると、ユキは胸の奥《おく》が熱くなるのを感じた。

そっと手を伸ばしてネオンの頬《ほお》に触《ふ》れると、彼は小さく声を上げて身じろぎする。

そんな彼にユキは優しく微笑《ほほえ》んだ。

「ネオン、かわいい寝顔《ねがお》」

いつも気を張っている彼が無防備に眠っている。

その姿がなんだか愛《いと》おしくて思わずユキは彼の頭を撫《な》でてしまう。

するとネオンは薄《う》っすらと目を開き、ぼんやりとした瞳でユキを見た。

それから彼は慌《あわ》てたように体を起こす。

「ユキ……⁉　起きたのか、体は大丈夫なのか⁉」

「うん、大丈夫。ネオンのおかげでわたしは元気だよ」

優しくそう答えると、ユキはネオンの手に自分の手を重ね合わせた。

ユキの無事を知ってネオンは安心したように息をつく。だがすぐに申し訳なさそうな顔で彼女の瞳を覗き込んだ。

「ユキ、本当にすまなかった。漆黒の大樹との戦いでユキを危険な目に遭《あ》わせてしまった。死の霧から俺《おれ》達を守る為に、あの力を使わせてしまうだなんて……」

漆黒の大樹との戦い、そこでユキは治癒の力を使った。そのせいで彼女が倒れてしまった事をネオンは悔《く》やんでいるようだった。

しかしユキは首を横に振り、ふわりと柔《やわ》らかく笑う。

「ううん、ネオンは悪くない。わたしもあの戦いでみんなの力になりたかった、見ているだけじゃ嫌《いや》だった」

「ユキ……」

「だから謝《あやま》らないで。それに嬉《うれ》しいの、やっとネオンの役に立てた気がして」

ユキの告げる言葉の一つ一つが本心だった。

ネオンが、仲間達が、大切な人達が苦しむ姿をこれ以上見たくはなかった。

だからこそユキは治癒の力を再び使い、彼らを救う事を選んだ。

それに原初の龍《りゅう》の力を失ってから、彼女《かのじょ》はいつもネオン達の戦いを後ろから見守る事しか出来なかった。それが辛《つら》かったのだ。今の自分では戦う事は出来ないけれど、それでもネオン達の役に立ちたいと願う気持ちは強かった。

その願いが叶った事が嬉しくて、ユキは幸せに満ちた笑《え》みを浮《う》かべる。

するとネオンは顔を赤らめて視線を逸《そ》らし、ぽつりと呟《つぶや》いた。

「ありがとう……ユキ」

その一言だけでユキの胸はいっぱいになる。心地《ここち》良《よ》い感情が溢《あふ》れて止まらない。

ユキは重ねていた手を離すと、そのまま両手を広げてネオンに抱きついた。

突然《とつぜん》の行動にネオンは驚《おどろ》きの声を上げる。

だがユキは構わずに彼を抱きしめたまま、甘《あま》えるように頬ずりした。

この温《ぬく》もりが自分を守ってくれた。自分が守りたいと思った人の温もりだ。

決して失いたくない。そう思う程《ほど》に彼の存在はユキにとって大きいものになっていた。

しばらく二人はそのまま互《たが》いの体温を感じていたが、やがてユキは名残惜《なごりお》しそうに離れると静かに語りかける。

「ネオン、わたしが眠っている間にどうなったのか教えて。浄化《じょうか》の秘薬は完成したの？」

「もちろんさ。リンドブルムも他の素材を集め終えて街に帰還《きかん》して、俺達が持って帰ってきた蒼天の神水で材料は揃《そろ》った。それからセラとハイドラが二人がかりで頑張《がんば》ってくれたおかげもあって、浄化の秘薬の調合に成功したんだ」

「そう。それで街にいる黄龍族のみんなも元気になったんだね」

「ああ。流石は神の奇跡を再現した秘薬だってセラもハイドラもはしゃいでたよ。薬を投与《とうよ》した直後に体を蝕む毒素は消え去って、全身に広がっていた黒い染《し》みも跡形もなく消えた。これでみんな助かるって大喜びしてたんだ」

「良かった。これで龍王国は救われた、もう誰《だれ》も死ななくて済む。本当に良かった……」

心の底からの安堵の思いを込めてユキは呟くと、胸に手を当てて深呼吸をする。

黒呪病を振りまく漆黒の大樹は枯れ果て、浄化の秘薬が完成した事で龍族を苦しめ続けた脅威は去った。

これで龍族達は自由の身となり、これからはまた平和な日常を送る事が出来る。

ようやく訪れた平穏《へいおん》を噛《か》みしめるようにユキは目を閉じてベッドに背中を預けると、隣に座るネオンもまた穏やかな表情でユキを見つめながら口を開いた。

「セラとルージュはリドガルドの街を回って浄化の秘薬を配ってる。俺はユキの看病を任されて残ってて、あいつらも時期に戻《もど》ってくるはずだ。あとはリンドブルムだけど、あいつは次に向けて既に動き出してくれてる。黒呪病から復活した赤龍王《せきりゅうおう》ファフニールと一緒《いっしょ》に、龍王の間で話し合っている最中だ」

「次に向けて……そう。わたし達が知恵《ちえ》の樹の眠る極寒の地へ辿《たど》り着けるよう、準備を進めてくれていたんだ」

「そうだな。俺《おれ》達の目的はセラの本当の武器である知恵の樹の杖を手に入れて、ユキにバハムートとしての力を取り戻させる事。随分と遠回りになったけど、赤龍族も黄龍族も俺達の為に協力してくれる。ようやくここまで来たんだ」

「うん。あとは青龍王《せいりゅうおう》ティオマト……ティオから力を貸してもらう。そうすれば禁断の地の扉《とびら》が開くから」

ユキは横になったまま、窓の外に広がる青空に目を向ける。

澄《す》み渡る空の奥底《おくそこ》に浮かぶ巨大《きょだい》な積乱雲、あの中に青龍王ティオマトはいる。

ティオマトは原初の龍バハムートの血を最も色濃《いろこ》く受け継《つ》ぎ、最強の龍として名を馳《は》せた存在だ。彼女に認められなければ、ネオン達は決して禁断の地に足を踏《ふ》み入れる事は出来ないだろう。

「まずはリンとファフからお話を聞く。きっと良い案をくれるはず」

「ユキが起きたら連れてきて欲《ほ》しいって頼まれてたんだが……病《や》み上がりだと辛いよな？

「一旦《いったん》俺だけ行って話を聞いてくるよ」

「ううん、もう大丈夫。一緒に行く」

「でも……」

ネオンは心配そうな顔で見るが、ユキは優しく微笑んだ。

「平気だよ。それにわたしも元気になったリンやファフの事が見たいから」

「そうか、分かった。でも無理はするなよ、ユキの体が第一だからさ」

「うん、ありがとうネオン。じゃあ行こっか」

そう言ってユキはベッドから降りると、ネオンと手を繋いで部屋を出る。

廊下《ろうか》を歩きながらユキはそっと自分の胸に手を置いた。

まだ心臓の鼓動《こどう》は少し速いけれど気分は悪くない。

むしろいつもより体が軽いくらいだった。

その理由が何なのかユキ自身よく分かっていた。

胸の中がぽかぽかと温かい。

こうしてネオンと一緒にいるだけで、春の陽射《ひざ》しに包まれたような心地良さを感じる。

ふわりと優しい笑みを浮かべてユキは隣を向く。その視線の先にはいつもネオンがいる。

この温もりがずっと傍《そば》にあるのなら、自分は何だって出来る気がした。

――この先どんな困難が待ち受けていようとも、彼と一緒ならば乗り越《こ》えられる。

そんな確信を抱きながら、ユキはネオンと共に龍王《りゅうおう》の間の扉を開いた。

※

――龍王の間。

そこには黒呪病から解放された赤龍王ファフニールの姿があり、そのすぐ傍には人化したリンドブルムが佇《たたず》んでいた。彼女達《かのじょたち》の体にあった黒い染みは消え去り、病に苦しむ様子は一切《いっさい》なく龍王本来の力強さを感じられる姿がそこにはあった。

そんな龍王の前にセラとルージュの姿もあり、どうやら浄化の秘薬を配り終えた報告をしているようだ。揃って真剣《しんけん》な眼差《まなざ》しで話し合っていたようだが、ネオンとユキが扉を開けて中に入ってきた事に気付くと、彼女達は振り返って明るい声音《こわね》で出迎《でむか》えてくれる。

「ユキちゃん、目を覚ましてくれたんですね！」

「ユキ！　良かった……無事だったのね！」

セラとルージュは心の底からの安堵を露《あら》わにして、そのままユキの下《もと》へ駆け寄ってくる。

セラは涙《なみだ》ぐみながらユキの手を取り、ぎゅっと両手で握《にぎ》り締《し》めた。

一方でルージュは嬉しさを堪《こら》え切れないといった様子で、ユキの頭をわしゃわしゃと撫で回し、まるで愛玩《あいがん》動物のように可愛《かわい》がり始める。

「心配したんだからねユキ。元気な姿を見て安心したわ」

ルージュはそう言うなり頬ずりを始める。

突然のスキンシップにユキは戸惑《とまど》いつつも、ルージュがどれほど心配していたのか伝わってきたようで、されるがままに身を任せていた。

そんな微笑ましいネオン達を見つめながら、リンドブルムとファフニールが歩み寄る。

「母君、心配しましたよ。あんな無茶《むちゃ》をするんですから肝《きも》が冷えました」

「リン、心配させてごめんね。ファフ、あなたも元気になってくれたみたいで良かった」

母の無事を知って頬を緩《ゆる》ませるリンドブルム。

ファフニールはごろごろと喉《のど》を鳴らしてその大きな体を擦《す》り付ける。

黒呪病という脅威《きょうい》を退けた事で緊張《きんちょう》も解けたのか、皆の表情は明るくなり和《なご》やかな空気が流れていた。

ネオンもその様子に安堵の息をつくと、龍王達に向かって話しかける。

「もう黒呪病の脅威は去った。これでリンドブルムとファフニール、他の龍族もみんな自由に暮らせるな」

「はい、ネオンさん。あなた方が黒呪病の治療法《ちりょうほう》を突き止めて、元凶《げんきょう》である漆黒《しっこく》の大樹を倒《たお》してくれたおかげです。本当に感謝しています」

リンドブルムは深々と頭を下げて礼を述べる。

するとファフニールもまた、ユキの足元にすり寄りながらお辞儀《じぎ》をした。

そしてその直後に頭の中に何かが入り込《こ》んでくるのを感じる。

初めての感覚に戸惑っていると、それは徐々《じょじょ》に声となって聞こえてきた。

『我は赤龍王ファフニール。汝《なんじ》の勇気ある行動に心からの敬意を示そう。汝らの勇気によって我ら龍族は救われた』

脳内に直接響くような不思議な響きを持つ女性の声。

恐《おそ》らくこれが以前からユキの言っていた龍族が使う思念での会話なのだろう。

ネオンはファフニールに向き直ると、穏やかな口調で語りかけた。

「これも全部セラが頑張ってくれたおかげだ。浄化の秘薬とそれに必要な材料を示してくれたのも、元凶となった漆黒の大樹を倒す方法を見つけてくれたのもセラだ。俺はただひのきの棒で敵をぶん殴《なぐ》ってただけだからな」

彼はずっとセラが龍族の為に、懸命《けんめい》に尽くしてくれていた事を知っている。

セラがいなかったらこの平和な光景はなかった。全てはセラのおかげであり、自分が成し遂《と》げた事は大した事ではないとネオンは考えている。

それを聞いたセラは顔を赤くしながら、ぽうっと熱っぽい視線をネオンへ向けた。

謙虚《けんきょ》に振る舞うネオンの姿を見ると何とも言えない気持ちになり、胸の中が甘くて温かい感情に満たされて幸せな気分になるのだ。

（……あたしだって同じですよ、ネオン様）

仲間達に前へと進む勇気を与《あた》え、立ち塞《ふさ》がる脅威をひのきの棒で打ち破り、ここまで導いてくれたのはネオンだ。

それでもこの結果はセラのおかげなのだと、決して驕《おご》る事なく謙虚に語るネオンの姿に改めて尊敬せずにはいられない。やっぱり彼は世界で一番の憧《あこが》れの勇者様なのだと、セラの想《おも》いはより一層強くなるばかりだった。

ネオンに向けて熱い眼差しを送るセラの様子に、リンドブルムはくすりと笑うと彼女の耳元で囁《ささや》くように言った。

「ふふっ、セラさんってば可愛いですね。今とっても幸せそうな顔してますよ？」

「あぅ……恥《は》ずかしいです……」

リンドブルムの言葉に、ますます顔の赤みが増していくセラ。彼女はもじもじと両手の指先を合わせると、その澄んだ青い瞳をとろんと潤《うる》ませてネオンを見つめた。

そんな彼女の愛らしい仕草に、リンドブルムとファフニールはお互いに目配せをするとにこやかに笑い合うのだった。

それからしばらくして、ようやく落ち着きを取り戻した一同は今後の話を始めていた。

「皆さんのおかげで龍王国は危機を乗り越える事が出来ました。僕《ぼく》は心から皆さんの事を尊敬しています」

『我らはこの恩義に必ず報《むく》いてみせる。汝らは母上が残した力――禁断の地に眠る知恵の樹を求めて龍王国を訪れたそうだな。共に行こう、禁断の地へ。我もリンドブルムも一切の協力を惜《お》しまぬつもりだ』

「ファフニールの言う通りです。僕とファフニールは皆さんに協力する事を誓《ちか》います」

ファフニールとリンドブルムの言葉にネオン達の顔は明るくなる。

長い道のりだったが黒呪病という脅威を退けた事により、彼らは人と龍族の間にあった大きな溝《みぞ》を乗り越える事が出来たのだ。ネオン達がその事実に胸を弾《はず》ませる一方で、ユキは不安そうな顔を浮かべてリンドブルムとファフニールを見つめていた。

「でもまだ問題が一つ残ってる。ティオ……あの子の力をどうやって借りるか」

ユキの口から呟かれた言葉。

それを聞いた瞬間にファフニールとリンドブルムの表情は強張《こわば》ったものになる。

「そうですね、母君。禁断の地の封印《ふういん》を解くには僕らだけでは力不足。青龍王ティオマトの力を借りなくてはなりません」

『ティオマトは人だけでなく我らとの関係を断ち、数百年より前から空の彼方《かなた》に浮かぶ積乱雲の中で力を蓄《たくわ》え続けている。奴《やつ》とどのように交渉《こうしよう》するかが問題だな』

リンドブルムとファフニールは同時に溜息《ためいき》をつく。

彼女達が今最も危惧《きぐ》しているのはティオマトとの確執《かくしつ》で間違《まちが》いない。

だがそれを乗り越えていかなければ、ネオン達は知恵の樹に辿り着く事は出来ないのだ。

ネオン達は深く息を吸うとリンドブルムに向かって問いかける。

「ティオマトがどうして積乱雲の中で力を蓄えるようになったのか、何故《なぜ》人だけでなく龍族とすら関係を断ち切ってしまったのか、その理由を教えてくれないか？」

「そうね、それを教えてもらわないと私達もどうしようもないわね」

「あたしも知りたいです。龍族の皆様《みなさま》の間に何があったのかを」

ネオン、セラ、ルージュの三人は真剣な眼差しでリンドブルムを見つめた。

過去の大戦で起こった人と龍の争い。あの歴史の中で一体何が起こったのか、その真相を知る事でティオマトを説得する糸口が掴めるかもしれない。

リンドブルムとファフニールは視線を合わせるとやがて静かに語り始めた。

「僕ら三龍王はレインヴォルド帝国《ていこく》が召喚《しょうかん》した武神の力を危惧し、かつて帝国に侵略《しんりゃく》されていた国々に力を貸しました。龍と人々とで手を取り合い、帝国の野望を打ち砕く為に戦ったんです。けれどその戦いの結末は……ネオンさんも知っての通りです」

彼女は当時の記憶《きおく》を呼び起こしながら、自分達《たち》が体験した悲劇について語り出す。

龍族は大戦が始まる以前は緑あふれる広大な地を統治していた。

三大神が生み出した自然と調和し、その美しい大地で平和な暮らしを続けていたのだ。

しかし帝国の召喚した異界の神の力は凄《すさ》まじく、その戦火は龍王国の近隣《きんりん》諸国をも飲み込んでいく。近隣諸国が帝国の手によって陥落《かんらく》すれば、勢い付く異界の神の力を得た軍勢は次の矛先《ほこさき》を龍王国へと向けるだろう。

龍王国は隣国《りんごく》と同盟を結び、帝国を正面から迎え撃とうとしたのだ。

「僕ら三龍王は、それぞれ三つの国に分かれて羽ばたきました。そしてその同盟国と共に帝国と戦い一度は退ける事が出来たのですが……武神のもたらした異界の武器——人々からは帝国の秘宝と呼ばれる五つの武器によって戦況《せんきょう》は覆《くつがえ》されたのです」

黄龍王《こうりゅうおう》リンドブルムは神弓《しんきゅう》アルテミスの使い手によって体を貫《つらぬ》かれ。

赤龍王ファフニールは聖剣《せいけん》エクスカリバーによって翼《つばさ》を斬《き》り刻まれ。

青龍王ティオマトは聖槍《せいそう》ヴリューナクによって片目を潰《つぶ》される。

そうして龍王は異界の武器の使い手に敗北し、同盟国をも失い、極寒《ごっかん》の地へと追いやられたのだ。それは帝国の歴史にも記されている内容と相違《そうい》なく、幼い頃《ころ》にネオンが聞いた悪《あ》しき邪龍《じゃりゅう》を帝国の英雄《えいゆう》達が討《う》ち滅《ほろ》ぼす物語そのままであった。

だがここで疑問が生じる。

リンドブルムの話によれば三龍王はそれぞれ過去の英雄達によって、その体に深い傷跡を残されたはずだ。だというのに目の前にいるリンドブルムとファフニールはどう見ても無傷でしかない。ファフニールの翼は今もなお健在であり、リンドブルムに至ってはまるで傷を負った形跡《けいせき》がなかったのだ。

そこでネオンは気付いた。彼の隣《となり》で俯《うつむ》く少女——ユキに刻まれている傷の正体に。

「そうか、赤龍王ファフニール。お前の傷付いた翼をユキが治してくれたのか」

ネオンは幼い龍の姿になっている時のユキを思い出していた。

白い翼はボロボロで、初めて会った時からユキは一度も空を飛んだ事はない。

左目は視力と共に色を失って真っ白で、右目だけが鮮《あざ》やかな紅に染まっていた。

彼女の持つ治癒の力は正確には『自らを犠牲に他者を癒《い》やす』というもの。

相手の傷を引き受け、自身がその傷を負う事で助ける。それが彼女の能力だった。

ネオン達も何度もその力に救われた。

彼女の癒しの力がなければ漆黒の大樹を討伐《とうばつ》する事は出来なかっただろう。

ファフニールはネオンの言葉に頷《うなず》き、翼を大きく広げながら答えた。

『汝の言う通りだ。翼を失った我を憐《あわ》れみ、母上は自らの翼を代償《だいしょう》に傷付き破れた我《わ》が翼を癒やした。母上の色を失った左目も、ティオマトが失った左目を治した時のもの』

「僕もです。神弓アルテミスによって貫かれた僕の体を母君が治療《ちりょう》してくれました。今は長い時間を経て引き受けてくれた僕の傷は癒えていますが……翼と左目の傷は深く、いくら原初の龍である母君でさえ完治させる事は出来ませんでした」

リンドブルムとファフニールは顔を見合わせると、悲しげな表情を浮かべて同時に溜息をついた。自分達が異界の武器の使い手に敗れた事で、大切な存在を傷つけてしまった。悔やんでも悔やみきれないのだろう。

そしてその後悔《こうかい》こそが、ティオマトとの確執の原因なのだとリンドブルムは語る。

赤龍王ファフニールは帝国への憎《にく》しみと後悔を心に残したまま、二度と人と関わる事のない未来を望んだ。

黄龍王リンドブルムは失った同盟国への想いと後悔を胸に秘《ひ》めたまま、人と暮らした日々を忘れる事なく生き続けた。

そして青龍王ティオマトは人への憎悪《ぞうお》と怒《いか》りを抱《いだ》き続け、自身に敗北をもたらした帝国への復讐《ふくしゅう》を誓ったのだ。

三龍王が抱いたそれぞれの感情は、互いの関係に亀裂《きれつ》を生じさせる原因となった。

「なるほどな。リンドブルムは今も人と仲良くしたくて、ファフニールは人との不干渉《ふかんしょう》を望み、ティオマトは人への復讐を誓ったってわけか。同じ龍王でも大戦が終わった後の考え方が全く違う。特にティオマトはリンドブルムと真逆だ」

リンドブルムが今も人を大切に思い続けているのは、リドガルドの街が証明している。

この街に住む龍族はネオン達に対して優しく、心穏やかで争いを好まなかった。人化の術を使い、人と同じように暮らす事で、人と龍族の絆《きずな》が途切《とぎ》れる事のないよう願い続けた。

人への復讐を誓うティオマトが、そんな黄龍族を見ればどう思うだろうか。

恐らくは激しい怒りを抱くに違いないだろう。

「ええ、ネオンさんが仰《おっしゃ》る通りです。中立的な立場にあるファフニールとは友好的な関係を続けられたのですが、ティオマトだけはどうしても相容《あいい》れず……その意見の食い違いから次第《しだい》に距離《きょり》を置くようになりました」

その話を聞いていたユキはゆっくり顔を上げると、ネオンを見つめて震《ふる》える声で呟いた。

「そうしてティオは積乱雲の中に身を隠《かく》したの。力を蓄え、鋭《するど》く研《と》ぎ澄まし、帝国を滅ぼせるだけの存在になる為に……」

ユキは思い出す。

聖槍ヴリューナクに貫かれた目の傷と、最強であった自身の誇《ほこ》りを傷付けられた事に憤《ふん》怒《ぬ》し、狂《くる》ったように暴れまわっていたティオマトの姿を。

ユキは我が子のその姿を憐れみ、その目の傷を引き受ける。しかし傷付けられた誇りと心までを癒やす事は彼女ですら出来なかったのだ。

「ティオはわたしが生んだ子供達の中で最も色濃くわたしの力を受け継いだ龍。その魔力《まりよく》だけで言えばファフやリンよりも強い子なの。異界の神が召喚される以前はわたし達三大神を除き、ティオに勝てる者は存在していなかった。大戦前に存在していた多くの国も青《せい》龍族《りゆうぞく》の力に畏怖《いふ》し、青龍国は大陸の中で最も権力のある国家になってしまったの。それが原因で力こそが全てだと勘違《かんちが》いして育ってしまった……」

「そうでしたね、母君。そもそもティオマトは幼い頃から人間を見下していました。人の事を力の弱い下等生物だと。帝国の人間も異界の神の力という禁忌《きんき》に手を出さなければ、龍族と満足に戦う事も出来ない弱い種族だと思っていたんです」

『だが、そのティオマトも異界の武器の使い手が現れた事で敗北した。奴にとって見下す存在だった人間が、神の力を色濃く受け継ぐ自身の目を貫いた事に怒り狂っていたのだ』

ユキ達が語るティオマトの人への憎しみは計り知れないものだった。

それに積乱雲の中で力を蓄えていた事で、青龍族は極寒の地を襲《おそ》った黒呪病の影響《えいきょう》を受けていない。赤龍族や黄龍族は黒呪病から救ってくれたネオン達に恩がある。だからこそ一切の協力を惜しまないと誓ってくれているがティオマトはそうではない。

雷鳴《らいめい》の轟《とどろ》く巨大な雲の中で、今も人への憎しみを膨《ふく》れ上がらせているはずだ。

リンドブルムは龍王の間から見える青空へと視線を向けた。

「ティオマトが復讐を成功させる為には、僕ら三龍王の力を合わせる必要がありました。しかし僕もファフニールもその復讐には賛同しなかった。だからこそティオマトは単身で復讐を成功させる為に、禁断の地に残した母君の力を利用しようと考えたのです」

三龍王全ての意思が揃わなければ禁断の地への扉が開く事はない。

だがティオマトはいずれ異界の神が復活する事も、復活した異界の神を倒す為に三大神が何者かに祝福を与える事も知っていた。

三大神の一柱であり自身の母親でもある原初の龍バハムートが祝福を授《さず》けるのは、最強の龍族である自分自身であると思っていた。

授けられた祝福と共に、再びファフニールとリンドブルムを説得し、禁断の地の扉を開けば良い。ティオマトはそう考えていた。だが――予想外の事が起きたのだ。

「ティオは以前からわたしの後継者《こうけいしゃ》には、原初の龍の血を誰よりも色濃く受け継いた自分が相応《ふさわ》しいと思っていた。でも、わたしが祝福を授けたのはティオじゃなかったの」

そのユキの言葉を聞いたセラは自身に向けて指を差した。

「ユキちゃんが祝福を与えてくれたのは、あたしなんですよね……？」

セラはずっと疑問に感じていた。

下級魔法《まほう》、中級魔法、上級魔法、最上級魔法、賢王級《けんおうきゅう》魔法、そして神格《しんかく》魔法。

いくつもの種類がある魔法の中で下級魔法すら満足に扱《あつか》えない自分が、原初の龍バハムートであるユキから祝福を与えられた事が不思議だった。

「ユキちゃんはどうしてティオマト様に祝福を与えなかったんですか？」

「ティオがわたしからの祝福を受けてしまえば……異界の武器の使い手である彼等のように力に溺《おぼ》れる事になる。力に溺れてしまえば、あの子は今よりもずっと不幸になってしまう。だから力に溺れる事もなく、わたしの力を正しく使ってくれるあなたを選んだの」

「それでは、ティオマト様は祝福をあたしに奪《うば》われたと思っている可能性も……」

ユキの話に頭を抱《かか》えるセラ。

龍王国を訪れた理由はユキから授けられた祝福を使いこなせるよう、セラの本来の武器である『知恵《ちえ》の樹《き》の杖《つえ》』を手に入れる為だ。しかし青龍王ティオマトはその力は人間であるセラではなく、最強の龍である自分自身こそが相応しいと思っている。

つまりこのままではどう説得したところで禁断の地への扉が開く事はない。

「困ったな……それじゃあ交渉のしようがないぞ」

「全くもう。そのティオマトっていうのは困った龍なのね」

「ううう……どうしたら良いんでしょうか……」

困り果てるネオン達《たち》を見て、リンドブルムとファフニールも頭を悩《なや》ませていた。

「僕《ぼく》とファフニールもネオンさん達の交渉に同席するつもりです。とにかくまずはティオマトの説得を試みましょう。母君がいればティオマトも話を聞いてくれるはずです」

『だがリンドブルムよ、あのティオマトが素直《すなお》に聞き入れるとは思えんぞ。いくら我ら龍王が同席し、母君がその場にいても、奴の気持ちが変わるとは限らん』

「ティオマトの性格では一筋縄じゃ行かないのは分かってます。それでも僕達の力で何とか……」

黒呪病から龍族を救ってくれたネオン達へ恩を返す為にも、リンドブルムとファフニールは全力を尽くすつもりだった。だがティオマトの事をよく知る彼女達の表情は暗い。

そんな時だった――。

「あっはっは！　お悩みかーい、龍王の皆さんにネオンくん御一行《ごいっこう》！　龍族一の頭脳の持ち主ことハイドラ様が知恵を貸してあげよう！」

バアン！　と勢いよく開かれた扉。

その向こうには、両手を広げて自信満々に笑う少女の姿があった。分厚い瓶底《びんぞこ》眼鏡にさらりとした金色の短髪《たんぱつ》、着ている服は白衣でだぼだぼの袖《そで》を揺《ゆ》らしている。

ネオン達は突然現れた黄龍族の研究者――ハイドラに驚いて目を丸くしていた。

しかし当の本人は気にする事なく、ずんずんと龍王の間に入ってくると、リンドブルムとファフニールの前に立った。そして腰《こし》に手を当てて胸を張り、堂々とした態度で言う。

「さっきの会話、あたいに全部聞こえてたよ！　それで早速《さっそく》、龍族一の頭脳をフル回転させて思いついたわけさ！」

「ハイドラ、何か案があるのですか？　僕ら龍王でも容易《たやす》く解決出来ない問題を、そんなあっさりと？」

困惑《こんわく》するリンドブルムをよそにハイドラは鼻息を荒《あら》くして語り始める。

「あたいが思うにね、黒呪病を解決した事よりずーっと簡単な話なんじゃないかなってさ」

「えと、ハイドラ様？　何処《どこ》が簡単な話なんですか？」

首を傾《かし》げながら尋《たず》ねるセラに向けて、ハイドラはびしりと人差し指を向けた。

「セラちゃん、あんたがティオマト様をぶっ倒してやればいいんだよ」

「えええ⁉　あたしがティオマト様を倒すって、そんな事……⁉」

驚くセラに対してハイドラはこくりと大きく頷いてそのまま言葉を続ける。

「見せつけてやればいいんだよ、セラちゃんが昔戦った帝国の連中とは違《ちが》うって。あたい達龍族が帝国の連中を嫌《きら》っているのはさ、連中が武神の力っていうズルに手を出して、たくさんの命を傷つけたからなんだ。でもセラちゃんはあんな連中とは全然違うじゃん」

ハイドラは優《やさ》しい声音でセラに言う。

彼女はリンドブルムを通して、ネオン達が極寒の地をどのように歩んできたかを知った。

彼等は自分達で考え、自らの努力で幾多《いくた》の困難を乗り越えてきた。

気高い心を持ち、力に溺れる事もなく、ただひたすら真《ま》っ直《す》ぐ前を向いて歩いてきた。

同じ人でも過去に戦った帝国の兵士達とは全く違う、彼らは真の意味で強い者達なのだ。

「ティオマト様との戦いを通じて、それを思い知らせてやればいいんだ。セラちゃんが誰よりもバハムート様の祝福に相応しい事を証明してあげて。そして認めてもらおう、君達が持つ本当の強さってやつを。そうすればティオマト様も考えを改めてくれると思うんだ」

瓶底眼鏡をくいっと持ち上げて得意げに語るハイドラ。

だが、その提案にネオンは首を横に振《ふ》る。

「だめだ、セラにそんな危険な事をさせるわけにはいかない。セラは防御《ぼうぎょ》魔法しか使えないんだぞ？　戦って力を見せつけるっていうのなら俺《おれ》が――」

「それこそだめだよ。だってネオンくんは妖精王《ようせいおう》ティターニア様から選ばれた人でしょ？　その君がティオマト様をやっつけても納得《なっとく》しないと思うんだよね。バハムート様から祝福を授けられたセラちゃんが戦わなきゃ、ティオマト様は絶対に協力なんてしてくれないよ」

ハイドラの言葉を聞いたセラは、拳《こぶし》をぎゅっと握りしめる。

不安で瞳《ひとみ》が揺れる、今にも泣き出しそうな顔で呟いた。

「それじゃあ、あたしがティオマト様と戦って勝つしかない、という事ですか……？」

「だね、セラちゃんが自分自身の力で道を切り拓《ひら》かなきゃいけない。辛い選択《せんたく》だとは思う。でも、ティオマト様を説得出来るのはセラちゃんしかいないんだ」

ハイドラにとってもセラは黒呪病から龍族を救ってくれた恩人だ。

最強の龍王であるティオマトと戦わせる事は本意ではなかった。

それでも彼女が黒呪病という脅威を打ち払《はら》ってくれた時のように、ティオマトを説得出来るのはセラだけなのだとハイドラは信じていた。

セラは涙を堪えながらユキの方へと視線を向ける。

「そもそもあたしは、どうして三大神であるユキちゃんに選ばれたのか分からないんです。ネオン様やルージュさんのように戦えない、いつも後ろで防御魔法を使うのが精一杯《せいいっぱい》で……そんなあたしが、神様であるユキちゃんの祝福に相応しいだなんて思えなくて」

俯きがちに話すセラを見て、ユキは彼女に寄り添《そ》うと優しく頭を撫でた。

「それならきっとティオとの戦いで、どうしてあなたが知恵の樹の杖に相応しいのかが分かるはず。セラは龍族が力を合わせても不可能だった事を成《な》し遂げた。黒呪病という脅威を打ち払う為《ため》に勇気と知恵を振り絞《しぼ》った。それにあなたは黒呪病を治す旅の中で、あなたの魔法が神の奇跡《きせき》の再現――神格魔法に通じている事を知ったはず」

「神格魔法……神の奇跡の再現。そうですね、あたしはお父様の残した本を通じて、神ならざる者が神の奇跡を起こす事が可能だって知りました。そして無属性魔法を極《きわ》めたその先に、神格魔法の境地がある事をユキちゃんが教えてくれました」

黒呪病を治療出来る浄化の秘薬、それは人が神の奇跡の再現を為《な》した証。

偉大《いだい》なる魔法使い賢王、神杖《しんじょう》の英雄《えいゆう》シャルテイシアですら成し得なかった偉業《いぎょう》を、セラの父親は成し遂げてみせた。人が神格魔法の境地に辿り着ける事を証明したのだ。

「セラ、あなたの魔法には無限の可能性がある。だから自信を持って。あなたなら絶対にティオに勝てるから」

「ユキちゃん。本当ですね？　こんなあたしでもティオマト様と戦って勝てるんですね？」

ユキはセラの青い瞳を真っ直ぐに見つめて力強く頷いた。

セラは深呼吸して心を落ち着かせる。

ユキの言うようにセラは浄化の秘薬を作り出す為に、いくつもの大きな壁を乗り越えてきた。決して諦《あきら》めずに前を向いて進み続ける事で奇跡は起こせる、その事を彼女はこの極寒の地での旅を通じて知ったのだ。

だからこそ震えそうになる足に力を入れる、勇気を振り絞って一歩前に踏み出す。

そしてその澄んだ青い瞳に決意の炎《ほのお》を灯《とも》して言った。

「ずっと思ってたんです。このままじゃみんなの足を引っ張るだけだって。みんなの後ろにいるだけじゃなく同じ場所に立って戦いたい。お父様が託《たく》してくれたこの知識で、奇跡を起こせるんだって証明したい。だから戦います。ティオマト様と、戦います！」

「セラ、やるんだな。それなら俺もお前の事を信じるよ。お前なら絶対にティオマトを倒せるって、そう信じているから」

「ネオン様……ありがとうございます」

ネオンはそっとセラの頭を撫でる、彼女の青い瞳に迷いはもうなかった。

ハイドラは満足そうにうんうんと二度三度と大きく首を縦に振る。

そして彼女は新しいかしの杖を取り出すと、それをセラへと手渡《てわた》した。

「バハムート様から話は聞いてるよ。セラちゃんは知恵の樹の杖を手に入れるまでかしの杖しか装備出来ないって。黒呪病の元凶をやっつける時に壊《こわ》れちゃった話も聞いた。だからね、同じ魔法使いとして街にある一番良いかしの杖を選んできたんだ。あたいも信じてる、セラちゃんなら絶対にティオマト様をやっつける事が出来るって」

かしの杖を受け取ったセラはハイドラに頭を下げて、それをぎゅっと抱きしめた。

「ありがとうございます、ハイドラ様。この杖でティオマト様に勝ってみせます」

決意を新たにしたセラの姿に仲間達《たち》も笑顔《えがお》を浮かべる。

この場にいる誰もがセラの勝利を信じた。

「話は決まったようですね。セラさんがティオマトを倒し、母君の祝福者として相応しい事を認めさせる。僕らも精一杯サポートしましょう、頑張りましょう！」

『ではこれより、我ら龍王と共にティオマトのいる青龍国へと入るとしよう！』

龍王の間の巨大な窓が開け放たれる。

ファフニールは翼を広げ、ネオン達に背中へ乗るよう促《うなが》した。

『青龍国は巨大な積乱雲に包まれている。だが我ら龍王にとっては吹《ふ》き荒《あ》れる嵐《あらし》などそよ風のようなもの。すぐに辿り着くであろう』

「ファフニールが龍王国まで連れて行ってくれるんだな、助かるよ」

「あたし達じゃどうやっても雲の中には行けないですからね。本当にありがたいです」

「それじゃあ出発進行よ！　いざ、青龍国へ！」

元気いっぱいに叫《さけ》ぶルージュと共に、ネオン達はファフニールの背中に乗り込んだ。

そんな彼《かれ》らに向けてハイドラは、だぼだぼの袖を振って見送る。

「あたいはまだやる事があるからここでお別れだね。セラちゃん、頑張ってね！　同じ学者として、同じ魔法使いとして、これから先もずっとずっと応援《おうえん》してるよっ」

「はい、ありがとうございました。ハイドラ様も頑張ってください！」

「ハイドラ、僕らが留守の間を任せましたよ」

リンドブルムがそう言うと、ハイドラは両手を上げて元気よく返事をした。

ファフニールは窓を飛び出し、空に浮かぶ巨大な積乱雲に向けて羽ばたく。

その勢いは凄まじく、瞬《また》く間《たま》に雲の中へと突入《とつにゅう》していった。

雲の中は強烈《きょうれつ》な嵐が吹き荒れ、青白い稲妻《いなずま》が辺りに轟き渡《わた》る。

ネオン達はファフニールの背にしがみつきながら雲の中を進んだ。

そして嵐が止《や》んだと思うと目の前に空飛ぶ島が姿を現す。数多《あまた》の青い龍が島の周りを飛び回り、その島の中央には青龍国の王、ティオマトが鎮座《ちんざ》する姿が見えた。

遂《つい》に青龍国の地へと足を踏み入れたのだった。

ネオン達はファフニールの背から降り、辺りの様子を窺う。

青龍国はファフニールやリンドブルムの住む国とは違い殺風景だった。

赤龍族《せきりゅうぞく》は遺跡《いせき》のような場所に住み、黄龍族《こうりゅうぞく》は再現された人の街に住んでいた。

だが青龍国は焦《こ》げた茶色の大地が広がっているだけで、目に入るものと言えばゴツゴツとした大岩だけで後は青い鱗《うろこ》を持つ龍族の姿しかない。

それに青龍族の放つ殺気は、他の龍族のものとも異なっていた。

威嚇《いかく》する様子はなく、背筋が凍《こお》る程《ほど》の殺気をネオン達に浴びせている。今にも襲いかかりそうな青龍族が手出ししない理由は、ネオン達が二体の龍王と共にいるからだろう。

いくら数百年前に仲違《なかたが》いした青龍族と言えど、龍王の客人には手出しが出来ないようだ。

青龍族の鋭い殺気に怯《おび》えながらセラはネオンの後ろに隠れた。

「ほ、本当にあたしがティオマト様に勝てるのか不安になってきました……。普通《ふつう》の青龍族の皆様でもあんなに強そうなのに」

「危なくなったら俺がセラを助け出す。だからセラはティオマトに全力をぶつけるんだ」

「分かりました……頑張《がんば》ってみます」

ネオンの言葉に安心したのかセラの表情が和《やわ》らぐ。

リンドブルムとファフニールの案内に従い、ティオマトのいる場所に向けて歩き始めた。

青龍王《せいりゅうおう》ティオマトの鎮座するその場所は、島の中でも様子が異なっていた。

焦げ付いた茶色の地面と大岩が転がっている事に違いはないが、大きな青い水晶《すいしょう》が地面や大岩から突《つ》き出しており、その水晶からはバチバチと稲妻のようなものが迸《ほとばし》っている。

そしてその中央に鎮座するティオマトはゆっくりと目を開いた。

『母様、よくぞ戻《もど》られた。そしてリンドブルム、ファフニールよ。貴様らとこうして会うのも数百年ぶりの事だな』

『ティオマト、久しいな』

「ティオマト、相変わらずのようですね」

「ただいま、ティオ……元気にしてた？」

ティオマトの思念がユキとリンドブルム、ファフニールに送られている。だが人間であるネオン達はティオマトの眼中になく、彼等に思念が送られてくる事はなかった。

「全くもう……私達の相手をする気はないみたいね」

「そうみたいだな……ファフニールやリンドブルムとは全く違う」

「ううう……凄《すご》い迫力《はくりょく》です」

ティオマトとユキ達の間で何かが話されているようだった。

ネオン達はその様子を見守る事しか出来ない中、突然《とつぜん》ユキが大声を上げる。

「ティオ！　どうしてそんな事を言うの⁉」

人化してから感情の起伏《きふく》をあまり見せないユキが声を荒らげる。

その様子をネオン達は驚《おどろ》きながら見つめていた。

「ど、どうしたんだ、ユキ？」

そう言ってネオンがユキに声をかけた瞬間《しゅんかん》だった。ネオン達の周りを飛んでいた青龍族はその口に稲妻を集め、それを一斉《いっせい》にネオン達へ向けて放ったのだ。

「リン、ファフ、お願い！」

「はい！　分かりました！」

『任せておけ、母上よ！』

ファフニールはネオン達を体の下に隠し、リンドブルムは両手をかざす事で氷の大盾《おおだて》を作り出す。それは青龍族の放つ雷光《らいこう》を難なく防ぎ切った。

「ユキ！　これはどういう事だ……⁉」

突然《とつぜん》襲《おそ》いかかってくる青龍族を前にしてネオンは叫ぶように問いかける。

リンドブルムは氷の大盾を構えたまま青龍王ティオマトを鋭く睨《にら》み、ファフニールの口からは激しい炎の吐息《といき》が漏《も》れ出していた。

「ティオは……ネオン達を生きて帰すつもりはないって。ここでリンとファフと戦う事になっても、絶対にここであなた達を殺すと……そう言った」

「な……⁉　リンドブルム達と戦う事になっても、だって……？」

「ティオマトは人に染まった黄龍族など敵ではないと言い切りました。奴が宣戦布告するというのなら僕も全力で迎《むか》え撃《う》ちます！」

『我ら赤龍族を臆病者《おくびょうもの》の腑抜《ふぬ》けと呼ぶとは許せぬ。我が灼熱《しゃくねつ》の炎で焼き払ってくれよう！』

一斉に襲いかかる青龍族に動じる事もなく、リンドブルムとファフニールは膨大《ぼうだい》な魔力をその身に纏《まと》わせていく。

「だ、だめ！　今は人と龍が再び手を取り合う必要があるの……それなのに龍族同士で争うなんてそんなの絶対にだめ！」

「ですが母君！　彼らは僕達にとって命の恩人です！　恩人を殺すとティオマトが宣言した以上、僕らは全力を以《も》ってそれを食い止めなくてはなりません！」

「でも……わたしの大切な子供達が殺し合うなんて、そんなの駄目《だめ》だよ……！」

「母君……しかし、くっ⁉」

青龍王ティオマトも巨大《きょだい》な雷球《らいきゅう》を放とうと身構えていた。

他の龍族のものとは比べ物にならない程の巨大な雷の塊《かたまり》。

いくら同じ龍王《りゅうおう》でもそれが直撃《ちょくげき》すればただでは済まない。

ティオマトが放った巨大な雷球に向けて、ファフニールが灼熱の炎を放とうと魔力を集中させた瞬間だった。

ネオン達を覆《おお》う光の壁、それはティオマトの放つ巨大な雷球すらも防いでみせた。

「この魔法は……？」

リンドブルムはその光の壁の正体を見た。

セラの持つかしの杖から放たれた防御魔法、光壁《プロテクション》。

「お怪我《けが》はないですか、リンドブルム様、ファフニール様！」

「流石《さすが》です、セラさん。ティオマトの攻撃《こうげき》を難なく防ぐとは」

『ティオマトの魔力を防ぐ程の防御魔法を展開するとは。母上に選ばれるだけある』

セラの放つ光壁《プロテクション》という最弱の防御魔法は、強大な天魔《てんま》の放つ真紅《しんく》の閃光《せんこう》すら通さない。

そしてそれが青龍王ティオマトにも通用する事が分かったセラは胸を撫《な》で下ろした。

同時にティオマトの憎悪が思念と共にネオン達にも送られてくる。

『貴様ら人間ごときが……。母様の真なる後継者に相応しい余の一撃《いちげき》を防ぐとは、母様の祝福を悪用する小娘《こむすめ》……絶対に、絶対に許さんぞ……』

だがその思念を聞いたユキは首を横に振る。

「ティオ、それは違う。セラはわたしの祝福に頼《たよ》らずあなたの一撃を防いでみせたの」

『かしの杖などというふざけた武器を扱う小娘が……己《おのれ》だけの力で余の一撃を防げるはずがない！』

「セラはまだ知恵《ちえ》の樹の杖を手にしていない。かしの杖であれだけの事が出来るのはセラの持つ力そのもの。それが分かったのなら力を認めてあげて欲《ほ》しい」

だがユキの言葉にすらティオマトは怒りで思念を震わせた。

『そのような虚言《きょげん》で余を愚弄《ぐろう》するとは。いくら母様といえど許せぬぞ……龍の力と姿を捨て人に堕《お》ちた事で、その心も汚《けが》れたか⁉　人など所詮《しょせん》は下等生物、龍族の足元にも及《およ》ばぬ脆弱《ぜいじゃく》な種族！　そのような人間が母様の祝福なしに余の一撃を防げるはずがなかろう！』

「ティオ、あなたは分かっていない。人はか弱い生き物かもしれない、でも強くあろうと努力を積み重ねていけば限界を超《こ》えて何処までも強くなる。その努力という積み重ねが、あなたの一撃を防いだの」

『笑わせる！　努力だけで人が龍王を超えると母様は言いたいのか⁉　そんな戯言《たわごと》を余が信じると思うのか⁉』

「分かった……信じなくても構わない。それならセラがあなたを倒《たお》す事で証明してみせる。限界を超えた人の力を、どうしてわたしがあなたではなく、セラの事を選んだのか、その理由を」

ユキはセラに優しく微笑《ほほえ》んでみせた。

「セラ、わたしは知っている。あなたが小さい頃から毎日のように魔法の特訓を欠かさず続けていた事を」

「ユキちゃん……どうしてその事を？」

「わたしもずっと帝都《ていと》にいたから。あなたが空き地で藁《わら》の的に向かって魔法を練習する姿を何度も見ていたの」

その言葉を聞いてセラは思い出す、幼い頃から魔法の特訓をし続けた日々を。

魔法兵団の団長に選ばれ、世界中を飛び回り、赤子の頃に自らの下《もと》を去った父親を見つけ出す為に。晴れの日も雨の日も風の日も雪の日も、彼女《かのじょ》は魔法の特訓を欠かさなかった。

「武神から杖の祝福を与えられれば、そんな特訓など必要ないとあなたの事を笑った人達がいる事も知っている。でもあなたは周りが何と言おうとも強くあろうと努力を続けた。その努力が実ったからこそ、あなたは天魔やティオの放つ膨大な魔力を下級の防御魔法で防ぐ事が出来るの。あなたの限界を超えた人の力をティオに見せてあげて」

「あたしの魔法が……限界を超えた人の力？」

その言葉にユキは頷く。そしてセラはかしの杖と共にティオマトの前へと立った。

「……分かりました。あたしはユキちゃんを、自分自身を信じます」

咆哮《ほうこう》するティオマトに向けてセラは杖を構える。

彼女の持つかしの杖に白い光が集まっていった。

「――勝負です、青龍王ティオマト！」

青龍王ティオマトに対峙《たいじ》するセラ。そんな彼女に向けてティオマトは殺意を向ける。

ティオマトの全身から溢《あふ》れ出す凄まじい魔力。

それは神々《こうごう》しい稲妻となり、大気を裂《さ》きながらティオマトの全身を包み込《こ》んでいった。

次の瞬間、龍王の体から放たれていた稲妻が一気に膨れ上がり、それは光の柱となって天高く伸《の》びていく。それはまるで世界そのものがティオマトの怒りに呼応しているようであり、龍王の力を具現化したような、圧倒的《あっとうてき》なまでの威圧《いあつ》感と存在感を放っていた。

セラは青龍王の圧倒的な姿に怯えながらも、かしの杖から魔法を放った。

「火球《ファイアボール》！」

杖から生み出された火球《ファイアボール》がティオマトに向かっていくが、それはティオマトへ届く前に四散して消えてしまう。

「……っ！　風刃《ウインドカッター》！」

風の魔法を唱えるがそれはティオマトの前でそよ風のように吹くだけだった。

セラは下級の攻撃《こうげき》魔法ですら満足に扱えない。その様子にティオマトは呆《あき》れながらも、そんな彼女がバハムートの祝福を授けられた事に怒り狂っていた。

『貴様……余を愚弄するのも大概《たいがい》にしろ……！』

ティオマトは再び巨大な雷球を放っていた。

セラはすぐに光壁《プロテクション》で自身を守る。魔法障壁《しょうへき》を雷光が覆い尽《つ》くし辺りには稲妻が迸るが、その雷光がセラの光の壁を突破《とっぱ》する事はなかった。

「やっぱりあたしの攻撃魔法は……。防御《ぼうぎょ》だけ出来てもこのままじゃ……」

セラには防御魔法しかなかった。

本来、魔法というものは自身の魔力を属性変換《へんかん》する事で効果を発揮する。

最強の杖ヴァナルガンドに選ばれたシャルテイシアはその属性変換を極め、ありとあらゆる魔法を超攻撃的《ちょうこうげきてき》な威力《いりょく》で発現させる事が出来ていた。対して最弱の武器かしの杖しか使えないセラは属性変換を行って魔法を扱う事すら出来ない。

「電撃《サンダーボルト》……！」

自身の魔力を詠唱《えいしょう》という形で属性変換するプロセス、そして属性変換した魔力の形状を変換するプロセスを経て、ようやく魔法として成立する。しかしセラが放った電撃《サンダーボルト》もまた属性変換の際に大きく力を失われ、それはティオマトへ届く前に消えてしまう。

『静電気のつもりか……？　ならば余が真なる雷《いかずち》を見せてやろう……！』

ティオマトの全身に青白い閃光が迸る。その凄まじい魔力は大気を揺らし、空に浮かぶ島までも揺れ動いた。その強大な魔力を前にセラの顔は恐怖《きょうふ》で引きつる。

もしあの雷が放たれれば、一緒《いっしょ》にいるネオン達も巻き込まれてしまう。

セラは仲間達に被害《ひがい》が出ないよう、かしの杖に出来る限りの魔力を込める。

ティオマトの前に立ち塞《ふさ》がって再び防御魔法を展開した。

「光壁《プロテクション》！」

巨大な光の壁が自身と仲間達を覆う。

それと同時にセラの持っているかしの杖にヒビが入った。

『馬鹿め！　数百年の間、力を蓄《たくわ》え続けた余の一撃を耐《た》えられるものか！　死ねぇ!!』

ティオマトから放たれる強大な雷。

それは天魔が放つ真紅の閃光すらも上回るものだった。

その稲妻がセラの光壁《プロテクション》に直撃すると同時に、光の壁の至る所に亀裂が生まれる。

「それなら……もう一度……光壁《プロテクション》！」

セラは光の壁を重ね合わせて展開する。

二重の光の壁に遮《さえぎ》られるティオマトの一撃だが、その二重の壁は脆《もろ》くも崩《くず》れ去った。

「セ、セラ!?」

ティオマトの雷に飲み込まれるセラ。

その体は衝撃《しょうげき》で宙を舞《ま》い地面へと叩《たた》きつけられていた。

ひのきの棒を取り出し慌《あわ》てて駆《か》け寄ろうとするネオンをリンドブルムが制止する。

「だめです、ネオンさん！　今手を出してはいけません！」

「で、でも！　あれじゃあセラが死んでしまうだろ⁉」

「大丈夫《だいじょうぶ》です。見てください」

セラは咳《せ》き込みながら、体をゆっくりと起こした。

二重の防御魔法によってティオマトの放った雷の威力は大幅《おおはば》に軽減されている。だがセラの身体能力は何処にでもいる少女と変わらない。いくら威力が軽減されているといっても、立ち上がるので精一杯の状態だった。

『ほう……今の余の雷撃《らいげき》を受けても立ち上がるか』

ボロボロになりながらセラはかしの杖を構える。

「何度でも……何度でも立ち上がります。あたしはもう、みんなの足手まといは嫌《いや》なんです。みんなと肩《かた》を並べて……戦えるようになるって決めたんです」

『何度でもか。余の魔力は無限に等しい、脆弱な人である貴様の命が何度目で尽きるか、試《ため》してやろう』

再びティオマトは全身に魔力を集め始めた。

それを見たセラは再び二重の魔法障壁を展開する。

かしの杖に大きな亀裂が走り、既《すで》に杖が限界を迎えているのは明らかだった。

「あれじゃあまた突破される！　仲間が殺されるのを黙《だま》って見ていろっていうのか⁉」

「セラさんを信じてあげてください。母君が信じたように、ネオンさんもセラさんを」

ネオンは拳を震わせた。

何もセラにしてやれない自分に苛立《いらだ》った。だが、ここで手を出せばセラが知恵の樹《き》の杖を手にする機会は二度と訪《おとず》れない。セラの勝利を信じるしかなかった。

再び放たれる雷はセラの二重の魔法障壁を容易く突き破《やぶ》る。

雷に飲まれるセラは悲鳴をあげた。かしの杖が地面に転がる。

全身に走る激痛、手足の感覚は曖昧《あいまい》になり、自分が倒れている事さえ分からない。

『強がっていたが二回目で終わりか。ふん、所詮は出来損《できそこ》ないの下等生物。その程度よ』

ティオマトはセラにとどめを刺《さ》そうと更《さら》に魔力を集中させる。辺りを眩いまでの光が覆った。無限に等しい魔力。その言葉の通り、ティオマトの魔力が尽きる様子は全くない。

だがセラも死力を尽くして再び立ち上がる。

「まだ……まだ終わっていません……。みんなが信じてるんです、あたしは……負けない」

『最後に何を言うかと思えば。最強の龍王である余を相手に未《いま》だ勝てると思っているのか。哀《あわ》れな……ならばその命を代償《だいしょう》に思い知る事だな』

セラは地面に転がっていたボロボロのかしの杖を手に取った。

もう一度魔法を使えばかしの杖は壊れるだろう、二重の光壁《プロテクション》はもう展開出来ない。

たった一枚だけの光壁《プロテクション》で次の攻撃を受ければ、セラ自身の命も尽きる事になる。

次が最後だ。

セラは再び杖に魔力を込める。攻撃に転じるしかなかった。

だが彼女の放つ下級魔法では決してティオマトを倒す事は出来ない。時間は僅《わず》かしか残されていなかった。どうすればティオマトを倒せるのか、その僅かな時間で知恵を絞る。

「お父様は示してくれました……人の力で神の奇跡を再現出来ると。ユキちゃんは教えてくれました……無属性魔法の先に神格魔法の境地があると」

ティオマトを倒すには奇跡を起こすしかない。

今ここで神格魔法の境地に辿《たど》り着き、最強の魔法を以ってティオマトを打ち破る。

それがセラに残された最後の可能性だった。だが分からなかった。どうすれば無属性魔法を極め、神格魔法へ至れるのか、その答えは見つからない。

そんな絶体絶命のセラに向けて思念が送られてくる。

それはセラとティオマトの戦いを見守るユキとリンドブルムの思念。

二人は膝《ひざ》をついて両手を重ね合わせながら、真っ直ぐにセラの事だけを見つめていた。

『セラさん、気付いてください！　母君が賢王級魔法も、上級魔法も、下級魔法すら使えなかったセラさんをどうして選んだのか。どうしてセラさんの光壁《プロテクション》がティオマトの攻撃すら防いでみせたのか、その答えはあなたが見つけなくてはいけません！』

（どうして、あたしの光壁《プロテクション》が青龍王ティオマトの攻撃を防げたのか……？）

光壁《プロテクション》とは最弱の防御魔法。本来なら決して青龍王ティオマトの攻撃を防ぐ事など出来ないはずのものだった。だがセラは最弱の武器かしの杖を介《かい》した最弱の魔法で、最強の龍王であるティオマトの雷を幾度《いくど》も防いでいる。

『あなたは今まで何度も何度も、絶望的な状況《じょうきょう》を覆《くつがえ》してきた。ありとあらゆる脅威《きょうい》をその魔法で防ぎ、仲間達を窮地《きゅうち》から救ってきた。あなたの魔法はもう奇跡を起こしている、だから気付いて――セラ！』

ユキの言葉とリンドブルムから届いた思念。

そして父が書いた本の内容がセラの中で重なった――。

「あたしの魔法が既に奇跡を起こしている……？　それじゃあ、あたしの魔法は――」

彼女の体の震《ふる》えは止まっていた。

セラはかしの杖に自身に残っていた全ての魔力《まりよく》を込める。今までの怯えていたセラの姿は何処にもない、自信に満ち溢れた表情でかしの杖を空へと掲《かか》げた。

最弱の武器、かしの杖。

込められる魔力はどの杖よりも少なく、殴《なぐ》った方がまともに戦えると言われる程の武器。

そんな武器から放たれる最弱の防御魔法が、最強の龍王たるティオマトの雷撃すらも防ぐ事が出来た理由。それを確信したセラはかしの杖を力強く握《にぎ》りしめた。

「あたしはかしの杖を……この魔法を信じます！　行きますよ、青龍王ティオマト！」

属性変換せずに使う無属性の魔法は防御魔法しか存在していない。

ならば自分で作り上げるしかない、ティオマトを倒せる無属性の攻撃魔法を。

属性は変えずに、形状を変えるプロセスを、頭の中で想像して、それを詠唱で生み出す。

「あたしの使える魔法は無属性……無、ゼロ、魔力を爆発《ばくはつ》させる——ブラスト」

ティオマトが強大な雷を放つ瞬間、セラの魔法は形となった。

「——零撃《ゼロブラスト》」

その詠唱と共に、セラのかしの杖から無属性を保ったまま球状の魔力が放たれる。

『最後の悪あがきか⁉　消えてなくなれ、愚《おろ》かな人間よ！』

ティオマトから放たれる巨大な雷球がセラの零撃《ゼロブラスト》とぶつかり合う。

巨大な雷球は零撃《ゼロブラスト》を容易く飲み込んだ。

その光景にティオマトは勝利を確信して思念を飛ばす。

『くははは！　全て無駄《むだ》だったな！　貴様の全力も余の雷《いかずち》の前では――』

「それはどうですかね、よく見ていてください！」

セラの零撃《ゼロブラスト》を飲み込んだ雷球が突如歪《とつじょいびつ》な形に変わり始める。

そして雷球は形を保つ事が出来ず、その魔力は辺りに四散した。

『ば、馬鹿な……余の生み出した雷が……⁉』

無属性魔法《まほう》の球体はティオマトの雷球を破壊《はかい》しても、その魔力を失う事なく真っ直ぐに突き進んだ。そしてセラの魔力が込められた球体はティオマトへと直撃する。

瞬間、セラが思《おも》い描《えが》いたように零撃《ゼロブラスト》は爆発を起こしていた。その魔法が持つ強大な力が局所的かつ、急激に解放された事で凄《すさ》まじい衝撃が辺りを襲《おそ》う。


――ドン。

激しい爆音《ばくおん》が轟《とどろ》いた。

零撃《ゼロブラスト》は神々しい光と共に、空に浮かぶ巨大な島を粉々に砕《くだ》き、空飛ぶ青龍族《せいりゅうぞく》全てを吹き飛ばす。力なく空へと落ちるティオマトの姿を見てセラは全てを理解した。


――自身が既に無属性魔法を極め、神格魔法の境地に辿り着いていた事を。


最弱の武器かしの杖《つえ》を介した最弱の防御魔法、光壁《プロテクション》。

その魔法が最強の魔獣《まじゅう》たる天魔が放つ真紅の閃光を防ぎ、空を覆う程の巨体《きょたい》を誇《ほこ》る天鯨《てんげい》の突進《とっしん》を押《お》し留《とど》め、最強の龍王ティオマトの雷撃を弾《はじ》き飛ばした。

セラは属性変換が得意ではないという体質だったにも拘《かか》わらず、それでも魔法使いの道を諦めなかった。ひたすらに努力を積み重ねた。そしてそれは花開いたのだ。

彼女の父が示したように、人の身で神の奇跡を再現出来るまでに。

つまり彼女が今までずっと使っていた光壁《プロテクション》の正体は下級魔法などではない。

最強の魔法――それは神のみが扱《あつか》えるとされた神格魔法だったのだ。

ティオマトが敗れた事で、セラが立っていた島の破片《はへん》も地上へと落ち始める。

「今までありがとう……かしの杖」

セラの持っていたかしの杖はその役目を終え、彼女の手の中で砕け散った。

落ちていくセラを残し、粉々になったかしの杖は、遠い空の向こうへ消えていく。

かしの杖の最後を、セラは頬《ほお》を伝う涙《なみだ》と共に見送った。


空から落ちてくるセラを、龍の姿へと戻ったリンドブルムが受け止めていた。

セラが辺りを見回すと空を飛ぶファフニールの背にもネオン達の姿がある。

その姿に安堵《あんど》したセラはリンドブルムの背に倒れ込んだ。

『凄まじい魔法でした。僕《ぼく》ら龍王ですらあれ程の魔法は見た事がありません』

「ありがとうございます……リンドブルム様。ですが青龍王ティオマトは……大丈夫なのでしょうか？　今の魔法は初めて使ったもので……加減が出来ませんでした」

『さっきまで戦っていたティオマトの心配をするんですね。安心してください、ほら』

リンドブルムの思念を聞き、セラはなんとか体を起こして空を見る。

そこにはセラの魔法で傷付きながらも、空に浮かぶティオマトの姿があった。

ネオン達を乗せるファフニールも飛来する。彼らはセラに向かって声を上げた。

「よくやったわ、セラ！　凄かったわよ、さっきの魔法！」

「あんな魔法を使えるなんて、正直俺も驚いた」

「セラの魔法は、ネオンの放つ一撃にも引けを取らない素晴《すば》らしい魔法だった。あれならきっとティオもあなたの事を認めてくれるはず」

空に浮かぶティオマトに向けて、リンドブルムとファフニールは思念を送った。

『どうですか、ティオマト。これが僕らの認めたセラさんの力です』

『認めて良いのではないか、ティオマトよ。この人の子は力を示したはずだ、母上の祝福に相応《ふさわ》しい存在であると』

ティオマトは目を閉じる。

最強の龍王であるティオマトがセラの事を認めてくれるのか、ネオン達は固唾《かたず》を呑《の》んでその様子を見守った。

『……あの魔法の前では、余は手も足も出ぬ。今余がこうして生きているのは、その小娘が最後に残った僅かな魔力であの魔法を放ったからだ。初めから全力であの魔法を撃たれていれば……余は耐えきれずにその命は尽きていたであろう』

そしてティオマトは目を見開き、セラを見つめた。

『認めよう……母様の祝福は、余ではなくその小娘に相応しい、と』

そのティオマトの言葉にセラを始め、ネオン達も歓喜《かんき》の声をあげた。

そしてユキがティオマトに優《やさ》しく声をかける。

「ありがとう、ティオ。わたしが選んだセラを認めてくれて」

『母様は正しかったのだな……何故《なぜ》、余ではなくその人間を選んだのか、あの魔法を受けその理由が良く分かった。そして何故だろうな。再び人間に負けたはずが何処《どこ》か清々《すがすが》しい気分だ。あの時とは全く違《ちが》う』

聖槍ヴリューナクの使い手に敗れた時、ティオマトは人に対して憎悪《ぞうお》した。

力の弱さから異界の神の召喚《しょうかん》という禁忌《きんき》に触《ふ》れ、心の弱さから大陸の全てを欲《ほっ》し侵略《しんりゃく》を始めた帝国《ていこく》の人間。そんな弱い存在である人間に、最強の存在であった自分が負けてしまった事に、自分自身の弱さに怒《いか》り狂《くる》い、そして帝国への復讐《ふくしゅう》を誓《ちか》った。

だがセラとの戦いによる敗北はあの時とは全く違う。

純粋《じゅんすい》に自らの力で強くあろうとしてそれを実現させたセラ。

そしてどんな強敵を前にしても、決して屈《くっ》する事のない気高き心。

セラと戦った事でティオマトの心を覆っていた何かが晴《は》れ渡っていくようだった。

『これが真の強さか……諦める事なく努力し続けた者のみが得られる、限界を超えた強さ。そしてそれを振《ふ》るうには心の強さが不可欠だという事もこの戦いで思い知った。余は仕切り直しだ。力を蓄えるだけではない、もっと己を高めなければならぬようだ』

その思念にユキは頷《うなず》き、小さく笑《え》みを浮かべた。

「ティオはこうしてまた一つ学んだ。その学びを大切にすれば、あなたならもっと強くなれる。セラのように諦めずに努力し続ければ、いつかきっと」

ユキの言葉にティオマトは再び目を閉じ、その言葉を受け入れた。

ティオマトはセラとの戦いを通じて、彼女のように強くなる事を誓ったのだった。

「これで全ての龍王に認められる事が出来たな」

「うん。これで禁断の地の扉《とびら》が開く。ファフ、リン、ティオ。この子達が揃《そろ》えば封印《ふういん》を解く事が出来るはずだから」

『では、我とリンドブルム、ティオマト、そして汝《なんじ》らと共に禁断の地へ向かおうぞ』

『ようやくですね！　僕も嬉《うれ》しく思います！』

『うむ。あの扉は三龍王が揃ったその時にしか開かぬ。余も共に行こう』

向かう先は禁断の地。

知恵の樹が眠《ねむ》るその場所に向けて三龍王は巨大な翼《つばさ》で羽ばたいた。

※

禁断の地があるという場所。

そこは三龍王《さんりゆうおう》が住む極寒《ごつかん》の地の最奥《さいおう》にあった。

龍王国の周辺地域よりも更に厳しい寒さで、荒れ狂う吹雪《ふぶき》がネオン達《たち》に襲いかかる。

龍王国の周辺では一ヶ月ごとに吹雪が続く時期と、比較的穏《ひかくてきおだ》やかな天候が続く時期が交《こう》互《ご》に訪れるが、この場所の吹雪は決して止《や》む事がない。

この厳しい自然と封印により、バハムートの力と知恵の樹は数百年間守られ続けてきた。

龍王の背に乗るネオン達は巨大な氷山の前で降ろされる。

この山の何処かに禁断の地へと続く扉があるはずだ。そうしてネオンとルージュが辺りを見回す中、セラだけは目の前に広がる氷山の異変に気付いた。

「これ……氷に見えますが違います。とても硬《かた》い何かで出来ているようです」

『流石はセラさんです、よく分かりましたね。これは龍聖石《りゆうしようせき》という名の鉱石です。その硬《こう》度《ど》は自然界に存在するあらゆる鉱物を遥《はる》かに凌《しの》ぐもの。母君がここに力を隠《かく》す時に生み出したんですよ』

「こんな巨大な山を、そんな硬い結晶《けつしよう》で作り出すなんて。ユキちゃんは本当に凄いです」

「龍聖石は氷の結晶に似ているから、神の力を隠すには氷で覆われたこの場所が最適だった。そしてこれだけの龍聖石を破壊するには三龍王全員が揃わない限りは不可能。これが禁断の地の封印なの」

「そうだったんですね、ユキちゃん。あたしの零撃《ゼロブラスト》でもこれを壊すのは流石に……」

『人の子よ、知恵の樹の杖を手にすれば、汝の力だけでもこの龍聖石の山を砕く事が出来るであろう。そうなる為《ため》にも我ら三龍王がその扉を開く。任せておけ』

ファフニールの思念と共に、三龍王は同時に空へと羽ばたいた。

「みんな、準備は良い？」

『母上よ、もちろんだ』

『母君、僕も出来ています』

『うむ、母様の合図次第《しだい》だ』

「じゃあ、お願い！」

ユキが合図を送ると、龍王達は全身の魔力を集中させた。

三龍王はその魔力を同時に巨大な龍聖石の山に向けて放つ。

三龍王の強大な力は一箇所《かしょ》に集中し、その絶大な威力は龍聖石の山すらも粉々に砕いた。

粉々に砕けた龍聖石は光と共に消えていく。

そして山のあった場所の中央には大きな穴が口を開けていた。

「なるほどな。確かに三龍王が揃わない限り、禁断の地の扉が開く事はないってわけだ」

「知恵の樹の杖が手に入れば、セラも同じ事が出来るようになるのよね？　私も早く殺生石の斧《おの》が欲しくなってきたわ」

「あはは……今になって知恵の樹の杖が使いこなせるのか不安になってきました……」

ネオン達は再び龍王の背に乗った。そして三龍王と共に禁断の地の中へと下りていく。

禁断の地、そこは地中深くにある巨大な空洞《くうどう》。

ティオマトが住んでいた空の島で見た結晶のようなものがいくつも突き出し、その結晶からは眩《まばゆ》い光が放たれている。その光によって地下空間だというのに、中はとても明るく外と変わらないようだった。

そしてその地下空間の中央に一本の木が佇《たたず》んでいた。

人の背《せ》丈程《たけほど》の小さな木。

生い茂《しげ》る緑の葉の中に小さな赤い果実を一つだけ実らせ、それは数百年の間この場所で彼等《かれら》が来るのをずっと待っていた。

龍王の背から降りたセラがその小さな木へと駆け寄った、それにネオン達も続く。

「これが……知恵の樹なんですね」

「そう、これが知恵の樹。あなたが使うべき本来の武器になるもの」

ユキは知恵の樹に近付き、実っていた赤い果実に手を伸ばした。

「わたしは数百年前の大戦の後、人となって帝都で武神を間近で監視《かんし》する為に、この樹にバハムートとしての力を残したの。そして今、再び神となって戦う時が来た」

ユキは知恵の樹になった赤い果実を手に取り、小さな口でそれをかじった。

同時にユキの体を光が覆い、神の力は光となって彼女の体の中へと吸《す》い込まれていく。

「わたしは今まで幼い龍《りゅう》として、人としてあなた達と旅をした。でもこれからは違う、原初の龍バハムートとして、この世界の神としてわたしも戦う」

ユキの体が神々しい輝《かがや》きを放つ。

それは彼女が天を裂き、この世界に現れた原初の龍バハムートの力を取り戻した事を意味していた。

力を取り戻したユキは再び知恵の樹へと手を伸ばす。

佇む木は光と共に形を変えた。

先端《せんたん》には強い生命力を感じさせる緑の葉を残し、瑞々《みずみず》しい幹は杖の柄《え》となる。

今ここにセラの本当の武器——知恵の樹の杖が生まれたのだ。

知恵の樹の杖をユキから手渡《てわた》されるセラ。

初めて手にしたはずの知恵の樹の杖はまるで体の一部に感じる程だった。

魔力を込めるとその杖は呼応し、自在に彼女の魔力を引き出した。

「これが知恵の樹の杖なんですね。すごい、呼吸をするように魔力が引き出せる！」

セラは嬉しさのあまり、知恵の樹の杖をぎゅっと抱《だ》きしめた。

「その杖はどれだけあなたが魔法を使っても決して砕ける事はない。そしてわたしの力を数百年の間ずっと守り続けてきた事で、神の力をより引き出す事が出来るようになった。セラ、無属性魔法を使いこなすあなたなら、知恵の樹の杖を持てば異界から呼び出された悪《あ》しき神との戦いにも通用する。お願い、その知恵の樹の杖で、わたし達と一緒に戦って」

「ユキちゃん、もちろんです！　これであたしはみんなの力になれる……頑張《がんば》ります、一緒に戦いましょう！」

セラの言葉にユキは微笑みを返した。

これで世界樹の剣《けん》、殺生石の斧、知恵の樹の杖、ネオン達の本来の武器の一つ目がようやく手に入った事になる。

「となると次は殺生石の斧か、世界樹の剣か、どっちを先に手に入れるべきなんだ？」

「先に殺生石の斧を手に入れるべきだと思う。ねぼすけのアセナを起こして、ルージュに殺生石の斧を与《あた》える」

「ようやくだわ！　これで私もセラのように強くなれるのね！」

「それは違う。わたし達三大神の武器はそういう武器じゃないの。異界の神がもたらした武器のように、手にしただけで強くなれるようなものじゃない」

帝国の秘宝である最強の武器は持ち主に力を与えるもの。

対して三大神の武器は持ち主の力を最大限に引き出すものだった。

知恵の樹の杖がそうであるように、三大神の武器の強さは持ち主の強さに比例する。

「つまりあれ？　私が殺生石の斧を持ったからって、セラみたいに龍聖石の山をぶっ壊《こわ》せるようになるわけじゃないの？」

「ルージュにその実力があるのなら、殺生石の斧はそれに応えてくれる」

「単純なものかと思ってたけど違うのね……」

「うん。まずはアセナに会って話をするべき。アセナが眠り続けているのにも何か理由があるはずだから」

そのユキの言葉にリンドブルムが思念を返す。

『では僕が神獣《しんじゅう》アセナの眠る場所にまで連れて行きます。ファフニールとティオマトはどうしますか？』

『我は病《や》み上がりでまだ本調子ではない。しばしの間、赤龍族と共に休ませてもらおう』

『余は復讐の為ではなく、セラのような気高き強さを得る為に、青龍族と共に修行《しゅぎょう》に打ち込むつもりだ。金色《こんじき》山脈へはリンドブルムに任せるぞ』

ファフニールとティオマトは巨大な翼で羽ばたき空へと舞い上がる。

『我らが龍族の恩人よ、本当に助かった。この礼はいつか必ず』

『セラ、事が終われば貴様も余の下に来い。その時に無属性魔法の扱い方を教えるのだ』

その思念と共にファフニールとティオマトは禁断の地から飛び去った。

「ファフニール、ゆっくり休んでくれよな」

「ティオマト様が無属性魔法を覚えたら、どれだけ強くなるか想像もつきませんね」

飛び去った二体の龍王を見送りながら、ネオン達《たち》もリンドブルムの背に跳《と》び乗った。

「ありがとな、リンドブルム。この極寒の地に着いてから色々と助けられてばかりだった」

「あたしもティオマト様との戦いでリンドブルム様に助けられました。本当にありがとうございます」

「そもそもリンドブルムがいなかったら私達、龍王国に辿り着く前に遭難《そうなん》していたわ」

『感謝するのは僕の方です。黒呪病から龍族を救ってくれただけじゃない、ずっと仲違《なかたが》いしていたティオマトとの関係も取り戻《もど》す事が出来ました。それに僕の大切な思い出である龍水晶《りゅうすいしょう》まで持ち帰ってくれて……本当になんて感謝したらいいのか』

ユキは優しくリンドブルムの背中をさすり、優しい声で語りかけた。

「リン、それならネオン達に新しい龍水晶を贈《おく》ってあげたらどう？　人と龍の絆《きずな》の証、みんなで幾多《いくた》の困難を乗り越《こ》えた思い出を、あなたの手で形に残してあげて」

『それは良い案ですね、母君。旅の思い出を形に残し、ネオンさん達の旅の無事を祈《いの》って、特別な龍水晶を作りましょう！』

リンドブルムは明るい表情でそう答えて魔力を集中させる。するとその魔力の輝きは空へと浮《う》かび、三つの赤い宝石となってネオン達の下へゆっくりと降りてきた。

リンドブルムの魔力によって生み出された新たな龍水晶。

それはまるで小さな太陽のようだった。

その赤い輝きにはこの極寒の地での思い出と、これから先への希望が込められている。

それはまさに新たな旅立ちへの祝福だった。

新たな龍水晶を受け取ったネオン達は笑顔《えがお》で答える。

「この宝石には俺《おれ》達の思い出が詰《つ》まってるんだな。絶対に忘れない、一生大切にするよ」

「はい！　あたしもリンドブルム様から頂いた龍水晶を一生の宝物にします！」

「私もこんな素敵《すてき》なものを貰《もら》えるなんて思ってなかったわ。大切にするわね」

三人の言葉にリンドブルムは満足げに微笑んだ。

『皆《みな》さんの未来に幸多からん事を。そして願わくは再びリドガルドの街にお越しください。その時は僕ら黄龍族《こうりゅうぞく》で精一杯《せいいっぱい》の歓迎《かんげい》をさせていただきます！』

「楽しみに待っててくれよ。俺達で必ず武神をぶっ倒して、平和な世界で会いに来るから」

リンドブルムの思念にネオンは力強く応える。

ユキも柔《やわ》らかな笑みでそれに続いた。

「リン、行こう金色山脈へ」

『ええ、母君。では皆さん、飛びますよ！』

リンドブルムは翼を大きく広げ、空高く舞い上がった。

その力強い羽ばたきは、地上に積もった雪を吹《ふ》き飛ばしていく。

吹き飛ばされた白い結晶が、陽光を浴びて七色の虹《にじ》を描いた。

それはまるで、この極寒の地に見送られているかのような光景だった。


龍族を救い、知恵《ちえ》の樹の杖を手に入れたネオン達の旅は終わりを告げる。

次なる舞台《ぶたい》は神獣アセナが眠る金色山脈。

ルージュの本当の武器、殺生石の斧を手に入れる新たな冒険《ぼうけん》が始まるのであった。

転章

ネオン達が金色山脈《こんじき》に向けて発《た》ったその頃《ころ》――レインヴォルド帝国、皇帝《こうてい》の間。

そこでは怒号《どごう》が響《ひび》き渡《わた》っていた。

「――という事です。邪龍《じゃりゅう》バハムートを連れるネオン一行は龍王国《りゅうおうこく》へ向かいました。バハムートの力を取り戻す為、シャルテイシアが極寒の地にまで手引したようで……」

「……あの小娘《こむすめ》、我らを欺《あざむ》き武の神すらも裏切った事は聞いていたが、まさか邪龍を連れた奴《やつ》らを極寒の地にまで転移させるとは！」

皇帝は今、大神官を通じてネオン達の行く先を知った。神杖《しんじょう》ヴァナルガンドに選ばれたシャルテイシアが帝国を裏切り、ネオン達を海の都メゼルポートへと匿《かくま》った。

帝国軍からの連日の侵攻《しんこう》を単独で防ぎ続けてきたシャルテイシアだったが、二人の英雄《えいゆう》の力によって彼女《かのじょ》は捕縛《ほばく》され、今は厳重な警備の下で帝都《ていと》の地下牢《ちかろう》に幽閉《ゆうへい》されている。

しかし、肝心《かんじん》のネオン達の姿はメゼルポートにはなく、彼らが原初の龍バハムートを連れて極寒の地にある龍王国に向かった事は初耳だった。

「陛下、極寒の地は人が踏《ふ》み入って無事に済む場所ではありません。いくら彼等でも龍王国まで辿り着く事は……」

「あやつらが連れる邪悪《じゃあく》な龍は原初の龍バハムートだぞ。奴らは必ず龍王国に辿り着き、三龍王と共に原初の龍バハムートの力を取り戻すだろう！　シャルテイシアが力を貸さなければ、短期間のうちに龍王国に向かう事など不可能であったはずだというのに！」

「で、ですが陛下！　既に妖精王《ようせいおう》ティターニアである星の樹は焼き払《はら》っています。いくらバハムートが力を取り戻したとしても、彼等が武神を倒《たお》すなど不可能でございます！」

「そうではあるが……くうう。ならば奴らの野望を阻止《そし》するべく、次は神獣アセナを討伐《とうばつ》するのだ！　奴の眠る殺生石ごと破壊し、帝国に仇《あだ》なす三大神の息の根を止めろ！」

玉座に座《すわ》る皇帝は立ち上がり、跪《ひざまず》く細身の男に近付いた。

「そなたなら必ず神獣アセナを討《う》つ事が出来るはずだ！」

細身の男の背に担《かつ》がれているのは黄金の輝きを放つ最強の武器、聖槍《せいそう》ヴリューナク。

聖槍ヴリューナクに選ばれた英雄の名はシュゼル・ラッハ。

聖剣《せいけん》の英雄であるシオンと同日に異界の武器を与えられた彼は、五つ首の天魔《てんま》の討伐を単独で果たすなど皇帝からの信頼《しんらい》も厚い。

「シュゼルよ、殺生石を砕き、邪龍バハムートとネオン一行を始末するのだ！」

「陛下よ、お任せください。奴らの首を持ってくる事を誓いましょう」

その誓いと共にシュゼルが皇帝の間から出ようとした時だった。

「ボクが選ばれるかもって期待してたのに。まさかシュゼルの方が選ばれちゃうだなんて」

石柱の裏から聖剣の英雄、シオン・グロリアスが姿を現す。

シオンは単身で龍王国へと乗り込《こ》んだが、その事実を知る者は帝国にいない。

彼女は自らの願いを叶《かな》える為だけに、皇帝さえも欺いてネオンの下へと向かったのだ。

そして兄との戦いで目的を果たし、彼女は氷の大空洞という奈落に落とされる。

だが聖剣の英雄が持つ人を超越《ちょうえつ》した身体能力を以《も》ってすれば、どれだけ地下深くの空間に落とされようが傷一つ負う事すらない。彼女は無傷のまま転移の結晶を使って帝国へ戻り、それから何食わぬ顔で皇帝の間に姿を現したのである。

「ボクのお兄ちゃん相手に勝てるかなあ？　武器はひのきの棒だけど結構強いよー？」

「へっ、オレ様が最弱の武器を持った連中に負けるかよ。木の棒を持って飛びかかってきた瞬間《しゅんかん》、その武器ごと心臓を貫《つらぬ》いてやるぜ」

シュゼルの言葉を聞き、シオンは笑いだした。

「そうやって油断しちゃうと負けちゃうよ？　その槍《やり》も凄《すご》いしシュゼルくんもそれなりに強いけどさあ……」

「はっ、てめえは兄貴を過大評価しているだけさ。リディオンで戦った時、身内が相手だから無意識のうちに手を抜《ぬ》いたんだろ？」

「ボクは誰《だれ》が相手であっても手は抜かないよ。家族でも友人でも、誰が相手でもね。ボクが騎《き》士団長《しだんちょう》になる時の、御前《ごぜん》試合を見てたシュゼルくんなら分かるでしょ」

シオンは不敵な笑みを零《こぼ》し、聖剣エクスカリバーの鋭《するど》い切っ先をシュゼルへと向ける。

その様子にシュゼルは不機嫌《ふきげん》そうに舌を打った。

「人格破綻者《はたんしゃ》が。そうだったな、てめえは騎士団長だった実の父親を陛下の前で斬《き》り刻んで、剣士《けんし》として再起不能にしやがった。オレ様も見てたぜ、あのクソみてえな試合をよ」

「あっは！　思い出してくれた？　ボクが身内相手に手を抜くわけないって。リディオンでの戦いだって手加減なんてしなかったよ、お兄ちゃんをハンバーグにしてあげよーって！　シャルテイシアが邪魔《じゃま》したせいで失敗しちゃったけどさー」

「ハンバーグだ？　ほんっと気持ちわりい奴だぜ。てめえと話してるとオレ様まで頭がおかしくなりそうだ」

「あっそ。じゃあさっさと仕事をしに行ったら？」

「このクソが……。まあ良い、てめえがここで呑気《のんき》にしてくれてるなら、三大神の討伐もネオン一行の始末も、その手柄《てがら》は全部オレ様のもんだ。手出しすんじゃねえぞ、シオン。

これはオレ様の仕事なんだからよ」

「はいはい、ボクにもやる事はあるしね。勝手にどうぞー」

「ふん、最強の槍ヴリューナクの名にかけて必ずオレ様はやり遂《と》げる。じゃあな、人格破綻者。オレ様は殺生石のある金色山脈へと急ぐぜ」

シュゼルは皇帝の間を出ていく。

その後ろ姿を見ながらシオンは再び不敵な笑みを浮かべた。

「ふふ……そのままシュゼルくんもお兄ちゃんの強さを証明する広告塔《こうこくとう》にでもなってよね。だって、これからお兄ちゃんはもっともっと強くなるんだから」

極寒の地での戦いでシオンは『力の流れ』というヒントをネオンに与えた。セラには魔法の工夫《くふう》の余地について指摘《してき》し、ルージュには根本的な実力が不足している事を伝えた。

神の力を取り戻したバハムートはそんな彼らを導くだろう。

そして彼らは必ず辿り着く。

最強の武器を持つ英雄達《えいゆうたち》を、最弱の武器で討ち倒す程の存在に。

「だから最高の舞台を用意してあげる。それを楽しみに待っていて、お兄ちゃん」

全てはシオンが聖剣の英雄となったあの日に抱いた願いを叶える為――。

狂気《きょうき》に歪《ゆが》んだ笑みを零した後、シオンもまた皇帝の間から姿を消したのだった。

あとがき

一撃の勇者の二巻を手に取って頂き、ありがとうございます。

金木犀が満開な頃、このあとがきを書いています。作者の空千秋です。

最近は夏が本当にびっくりするくらい暑くて、いつまで経っても秋が来てくれません。涼しくなってきたと思えば、急に寒くなって冬が「こんにちは」と顔を出してきます。作者が一番好きな季節で、作者名にも入っている秋は一体何処に行ってしまったのでしょうか。日本の季節から秋がなくなってしまったら、作者名も変えないといけなくなるかもしれません。空千夏、空千冬……あれ案外悪くないな。


季節のお話をさせて頂きましたが、二巻の舞台となっているのは大陸の最北端にある極寒の地で雪と氷に閉ざされた大地です。龍族以外の生命は殆ど住んでおらず、植物も芽吹く事のない、ただひたすらに雪と空が続くだけの空虚な場所。

そんな極寒の世界を青と白のコントラストで美しく表現してくださったGenyaky先生。

表紙絵すごく綺麗でした。

広大な青い空に壮大な山脈が神々しくそびえ、その周りを龍族が飛び交っている光景には胸が躍りました。表紙絵のセンターを飾るセラのイメージカラーともぴったりで、何よりセラが本当に可愛くて感謝の気持ちでいっぱいです。

更に新キャラであるリンドブルムと主人公のネオン、幼龍状態のユキも映っていて、二巻の物語と世界観を見事に表現した素晴らしい表紙絵だと思って感動しました。

口絵も挿絵も最高なのでじっくり見て楽しんでもらえれば、と思います。

特に今回はユキの魅力的で可愛いイラストがたっぷりなので、ユキとネオンの絡みに是非注目して頂きたいです。


そして一巻の頃から告知しておりましたが、一撃の勇者は現在コミカライズ企画が進行中です。担当してくださる漫画家様は騒涼先生です。コミカライズの連載はスクウェア・エニックス様の『マンガＵＰ！』でスタートする予定になっています。

ひのきの棒による一撃必殺の大迫力なシーンや、ネオンにくっついて可愛すぎる姿を見せるユキのシーンなど見所が満載なので是非お楽しみに。

さて、ここからは二巻の裏話的なものをしていきます。

実は二巻の内容は担当編集のA様のアドバイスを下敷きに、Ｗｅｂ版から9割近く書き直しています。Ｗｅｂ版を読んでくださった読者様からすると、最初の展開でファフニールではなくリンドブルムがネオン達を迎えに来た時点で違いに気付くかと思います。

それにＷｅｂ版ではずっと龍の姿のままだったリンドブルムが人間の姿になっていたり、黒呪病という新たな脅威、それに立ち向かうハイドラという科学者が登場したりと、大きく物語が変わっています。極寒の地でのネオン達の冒険のボリュームが大幅に増えているので、Ｗｅｂ版を読んでくださった方も楽しめる内容になっていると思います。

二巻のメインヒロインであるセラをもっと活躍させて、物語のコンセプトである最弱の武器で強大な敵を一撃必殺していく爽快感を読者様に楽しんで貰えたらな、と思い頑張って書きました。最弱の武器で臆する事なく強敵に立ち向かっていくネオン達と、健気で純粋なセラの頑張る姿から元気をもらって頂けたら幸いです。

最後に謝辞を述べさせてください。

イラストを担当してくださったGenyaky先生。

二巻もたくさんの超美麗なイラストで物語を彩って頂きありがとうございました。

大迫力な戦闘シーンのイラストに、可愛いヒロイン達の魅力的なイラストの数々。

丸まって恥ずかしがっている幼龍状態のユキがとても可愛かったです。


担当編集のA様。

自分のとんちんかんな受け答えでご迷惑おかけしてしまって申し訳ありません。

二巻の製作にあたり大変だったと思うのですが、温かく見守って頂きましてありがとうございました。これからも長い付き合いが出来るように頑張りたいと思います。


それでは読者の皆様。

三巻が出る事を願いつつ、また皆様とお会い出来る事を信じて締めたいと思います。

ここまで読んで頂き、本当にありがとうございました。

小説第⑨巻は2024年3月発売！
9
作画 大前貴史 原作 明鏡シスイ
信じていた仲間達にダンジョン奥地で殺されかけたが
ギフト『無限ガチャ』で
レベル9999の仲間達を手に入
元パーティーメンバーと世界に復讐&『ざまぁ！』します！
週刊少年マガジン公式アプリ
「マガポケ」にて
好評連載中!!
コミックス
最新第⑨巻も
好評発売中！
第⑩巻は11月9日発売！
作画：大前 貴史
原作：明鏡シスイ キャラクター原案：tef

信じていた仲間達にダンジョン奥地で殺されかけたが
ギフト『無限ガチャ』で
レベル9999の仲間達を手に入れて
元パーティーメンバーと世界に復讐&
『ざまぁ!』します!
「小説家になろう」
四半期総合ランキング
第1位
(2020年7月9日時点)
①～⑧巻
好評発売中!!
レベル9999で
圧倒的無双!!!!!!
明鏡シスイ
イラスト/tef

王の命令により、紙の生産に取り掛かるハル。
まずは動力ということで水車小屋へと向かうが、
長いこと使われなかったことでそこは売春窟となっていた。
S&H BROTHERS TRADING COMPANY
リオン2
2024年夏頃発売予定！

水車を使用するため、顔役と交渉をするハルだが、
そこで彼は運命の少女との出会いを果たす――!!
玉葱とクラ
詐欺師から始める成り上がり英雄譚

HJ NOVELS
HJN73-02

一撃の勇者 2
最弱武器【ひのきの棒】しか使えない勇者は、神すらも一撃で粉砕する

2023年11月19日　初版発行

著者――空 千秋

発行者―松下大介
発行所―株式会社ホビージャパン
〒151-0053
東京都渋谷区代々木2-15-8
電話　03(5304)7604（編集）
03(5304)9112（営業）

印刷所――大日本印刷株式会社

装丁―― 木村デザイン・ラボ／株式会社エストール

ISBN978-4-7986-3344-2　C0076

ファンレター、作品のご感想お待ちしております
〒151－0053　東京都渋谷区代々木2－15－8
(株)ホビージャパン HJノベルス編集部 気付
空 千秋 先生／ Genyaky 先生